wmf martinsfontes

SÃO PAULO 2007

MANU
PAULI
MODE
DESC

AL DO
STANO
RNO B
OLADO

# MANUAL DO PAULISTANO MODERNO E DESCOLADO

GUSTAVO PIQUEIRA

1ª edição: 2007

Copyright © 2007, LIVRARIA MARTINS FONTES
EDITORA LTDA., São Paulo, para a presente edição.

Acompanhamento editorial
*Helena Guimarães Bittencourt*

Preparação do original
*Renato da Rocha Carlos*

Revisões gráficas
*Maria Regina Ribeiro Machado*
*Solange Martins*
*Dinarte Zorzanelli da Silva*

Produção gráfica
*Geraldo Alves*

Projeto gráfico
*Rex Design*

Todos os direitos desta edição reservados à
Livraria Martins Fontes Editora Ltda.
Rua Conselheiro Ramalho, 330
01325-000 São Paulo SP Brasil
Tel. (11) 3241.3677 Fax (11) 3101.1042
e-mail: info@martinsfonteseditora.com.br
http://www.martinsfonteseditora.com.br

---

Dados Internacionais de Catalogação na Publicação (CIP)
(Câmara Brasileira do Livro, SP, Brasil)

*Piqueira, Gustavo*
*Manual do paulistano moderno e descolado / Gustavo*
*Piqueira. – São Paulo : WMF Martins Fontes, 2007.*

*ISBN 978-85-60156-23-8*

*1. Crônicas brasileiras I. Título.*

07-0075                                              CDD-869.93

Índices para catálogo sistemático:
1. Crônicas : Literatura brasileira   869.93

Nota introdutória 11

Onde morar 17

Aonde ir, o que usar 29

Transe cultura 38

Construa um look jovem 50

Sofisticado sim,
cafona jamais 56

Criatividade e despojamento
nine to five 64

Engajado! 73

Aproveite a vida 83

São Paulo é legal,
mas Londres é mais 93

Se tudo der errado 100

Se tudo der certo 105

Considerações finais 113

Se ficar na dúvida sobre
o que é dar certo ou errado 111

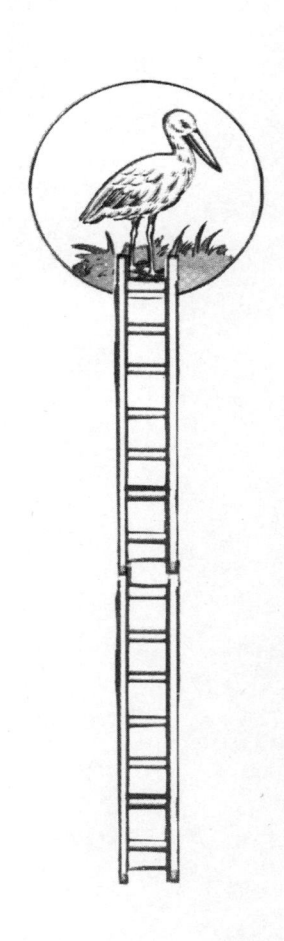

# Nota introdutória

"Se você nunca ouviu falar no Cansei de Ser Sexy, deve ter morado os dois últimos anos em Marte." Encontrei tal frase enquanto tomava meu café-da-manhã de domingo, folheando sem grande interesse uma dessas revistas semanais. É verdade, pensei. Como pode alguém morar numa cidade tão cosmopolita quanto São Paulo e nunca ter ouvido falar no Cansei de Ser Sexy? A inesperada reflexão varreu meu torpor matinal, e eu rapidamente a reli, desta vez em voz alta. A garota a meu lado, que ainda não me ouvira emitir um som sequer naquela manhã, olhou surpresa. Repeti. Se você nunca ouviu falar no Cansei de Ser Sexy, deve ter morado os dois últimos anos em Marte. Sua expressão manteve-se inalterada, e, passados alguns segundos, limitou-se a dizer: "Se você nunca ouviu falar em quem?" Vamos lá, pela terceira vez. Se você nunca ouviu falar no Cansei de Ser Sexy, deve ter morado os dois últimos anos em Marte. "Não conheço não."

Fui imediatamente tomado por um indisfarçável misto de decepção e pena, pois sabia que ela não morava em Marte, mas em Moema. Após refletir por alguns instantes concluí que, mesmo depois de tamanho desgosto, me levantar e ir embora não era a melhor solução. Já havia feito isso mais vezes do que deveria na vida. Hora de mudar a estratégia. Hora de ajudá-la.

Mas espere um pouco. Por que só a ela? Por que não ajudar a todos os que desejaram ser marcianos ao ler aquela nota dominical? Foi então que pensei na confecção deste manual. Rapidamente percebi que, muito além de uma simples boa idéia, sua existência era um gênero de primeira necessidade para o pleno aproveitamento da São Paulo do século XXI.

Meu objetivo é que o resultado final desenhe um retrato fiel desse vibrante e seleto universo, com dicas essenciais para sua correta decodificação. E, meta principal, veículo pelo qual o leitor estará apto a se tornar, ele próprio, um paulistano moderno e descolado.

Infelizmente, não será tarefa das mais fáceis. Não que tais códigos me sejam desconhecidos. Nem que você, leitor, não possua a capacidade necessária. O problema sou eu. Me conheço. A probabilidade de que escorregue no meio do caminho é altíssima. Por isso o pedido antecipado de desculpas. Não terá sido por falta de boa vontade. O que talvez me falte seja competência mesmo.

Em primeiro lugar, não sou escritor. Já sei o que está pensando: mais um redator publicitário ou jornalista insatisfeito com o status da atual profissão. Daqueles que têm um blog onde se apresentam, cheios de espírito, como alguém na plena consciência de ter a literatura como destino final. Nada disso. Não sou publicitário nem jornalista. Também não tenho um blog. Mas, antes que se precipite soltando um suspiro de alívio, aviso que sou coisa pior. Designer gráfico. Você sabe, nos dias de hoje ser designer é, ao lado de ser DJ ou chef de cozinha, quase sinônimo de ser equivocado. Nada contra qualquer uma das profissões. Ocorre que as três compartilham da explosiva (e falsa) mistura composta por glamour, dinheiro e despojamento. Prato cheio para idiotas de todos os tipos.

Como se não bastasse ser designer, todos dizem que tenho o péssimo hábito de me desviar do assunto em pauta, seja ele qual for. Meu raciocínio até começa pelo lado certo, mas rapidamente se perde em longas digressões. "Quando eu lhe pergunto se o risoto está bom, não quero saber sobre o vazio da existência", minha marciana diz com freqüência. Se tais digressões ainda fossem interessantes, ainda vá lá. Que nada. Não consigo ser universal ou genérico e termino sempre por arremessar minhas experiências pessoais sobre tudo e todos. Confesso, por muito tempo acreditei que isso era uma prova irrefutável de meu egocentrismo e pequenez. Por sorte, recentemente encontrei alguns pilares do pensamento humano que fizeram o mesmo, então já não me recrimino tanto. Não que eu espere me tornar pilar de alguma coisa com isto aqui ou com qualquer outra coisa. Longe disso. No fundo sei tratar-se de mera coincidência, mas uso-a a meu favor. Sabe aqueles gordinhos carecas que trabalham com análise de dados? Que se sentem rockstars quando se reúnem todo primeiro domingo do mês, sob a alcunha de Rush Cover, para tocar numa biboca do Bixiga, pouco importando estarem usando a personalidade de outras pessoas para se sentirem bacanas? Pois é, sou eu. Pelo menos assino com meu nome original. (Perdoe o parênteses, mas achei importante deixar claro que o modelito gordinho/careca/fã de Rush foi apenas uma metáfora. Ainda que cheio de limitações, ostento farta cabeleira, mantenho a forma na medida do possível, e o Rush não é exatamente minha banda favorita.) Por fim, assumo ter enorme dificuldade em ser agradável. Até mesmo nas poucas vezes em que tento.

    Mantenha-se firme, o pedido de desculpas ainda não acabou. Desculpem-me também pela total ausência de informações técnicas como endereços e horários. Sei que são parte importante em qualquer manual ou guia, mas falta-me tempo e paciência para a pesquisa. Acredito, no entanto, que um eventual sucesso de vendas pode animar a editora a contratar um profissional dedicado exclusivamente ao levantamento de tais dados a fim de incrementar as próximas edições. De qualquer modo, como sei do caráter predominantemente utilitário da obra, vou me ater somente a relatos verídicos e personagens reais. Não faria sentido se não o fossem. (Ainda bem. Se mesmo com as histórias prontas temo pelo resultado final, imagine se precisasse inventar enredos.)

Caso nada saia como planejei, o eventual sucesso de vendas não se concretize e as novas edições não sejam atualizadas, mesmo assim não gostaria que o que vem a seguir soasse por demais datado. Sei que a velocidade com que tudo surge e desaparece é cada vez maior, e no universo dito antenado esse índice atinge patamares inimagináveis. Logo, quando este livro for lançado, é bem possível que o Cansei de Ser Sexy já não seja cool. Provavelmente até visto como uma banda ridícula. É o ciclo natural. Conto com seu poder de abstração, leitor, para me auxiliar. Tanto este como os outros nomes que apresento a seguir podem — e devem — ser facilmente substituídos pelo hype do momento. Basta esse pequeno esforço de sua parte e o *Manual do paulistano moderno e descolado* não perderá seu vigor num futuro próximo.

Somados tantos contras, sei que corro o grande risco de escrever algo com cara daquelas colunas comportamentais de revistas jovens e suas obviedades ditas de forma arrojada. Ou de uma peça de teatro amador e seus diálogos artificiais cheios da pose de que se está dizendo algo importante. Quem sabe até não crio uma fusão dos dois gêneros e estabeleço um novo paradigma para a ruindade de um texto. Não importa. Vou arriscar. Além de realmente acreditar na nobreza da missão, sirvo-me aqui de uma das melhores frases do meu original:

"Conferimos dignidade às nossas tolices quando as imprimimos."

# Onde morar

Sei que deveria ir direto ao assunto, mas acabo de chegar em casa após um feriado em Campos. Um feriado terrível. Não, nada de Campos do Jordão. Campos dos Goytacazes, no estado do Rio. A cidade cuja grande contribuição para o país foi Anthony Garotinho. Convidado para palestrar num encontro de estudantes cariocas de design, não esperava mesmo que fosse a viagem da minha vida. Também não imaginava que seria tão ruim. Pistas não faltaram. Devia ter desconfiado, por exemplo, quando a mocinha da organização me informou não ser possível ir de avião diretamente até lá. Minha única opção era voar até o Rio para então seguir no ônibus da organização do evento. Topei. Para ser sincero, confesso que não sei bem por quê. Mas topei. Os primeiros sinais de arrependimento surgiram quando soube que a caravana partiria do Leme às oito da manhã. Calculei em retrospectiva todos os translados necessários para chegar a tempo e liguei para meu taxista. Alô, Marco Antônio? Você pode me pegar em casa sábado às cinco da manhã? Combinado. Um abraço. Sábado às cinco da manhã. Nada que começa assim pode terminar bem, mas vamos em frente. Sacanagem desistir na véspera. Horários pontualmente cumpridos, dez para as oito lá estava eu procurando algum assento vazio (duplo, de preferência) enquanto estudantes animadíssimos gargalhavam e abriam suas cervejas matinais. Sabia que o trajeto até Campos consumiria ainda mais três ou quatro horas de estrada. Exatas sete horas depois, o ônibus finalmente parou em frente ao hotel. Incontáveis escalas em postos de gasolina e hipermercados de Niterói duplicaram a duração da viagem.

Doze horas de viagem. Doze horas de viagem são até suportáveis quando você sai para a sacada e dá de cara com a Place des Vosges. Não com aquele rio barrento que minha janela emoldurava. Para arrematar, completavam a paisagem um pontilhão de ferro e uma larga avenida. Não me recordo de ter visto algo com menos charme. Talvez o hotel não seja bem localizado e a cidade tenha lá seus atrativos, contemporizava meia hora depois, enquanto descia para o lobby (chamar de "lobby" um corredorzinho escuro com três cadeiras de vime é um pouco de exagero, mas tudo bem). Recuperara uma parcela de ânimo após um demorado banho. Duas das três cadeiras estavam ocupadas por um amigo meu, também convidado, e sua namorada. Nossas palestras seriam apenas no dia seguinte. Vamos fazer alguma coisa, conhecer a cidade. Afinal, é sábado à noite. Dada a incapacidade do staff do hotel (mais um exagero: dois moleques sonolentos) em nos indicar algum lugar para comer, iniciamos o tour pelo McDonald's mesmo. Como estamos em fim de abril, faz ainda muito calor. Por isso, bandejinha na mão, segui sem pestanejar rumo à varanda do segundo andar. Olhei em volta. Todas as cadeiras vazias. Não teria feito diferença. Mesmo se a lanchonete estivesse lotada, minha atenção não se desviaria da grande placa instalada bem ao lado da porta. Com alarde, anunciava: "Esta varanda foi eleita o local mais romântico de Campos." Não pode ser. A varanda do McDonald's? Levantei-me e fui até o parapeito. Quem sabe não encontro uma linda cachoeira ou o lirismo de um bosque escondido. Nada. A vista era composta por um terreno baldio cercado por seis ou sete outdoors. Em um deles, Garotinho surgia, gorducho e sorridente, como "o maior patrimônio de Campos". A seu lado, uma clínica odontológica oferecia seus serviços. E assim por diante. Se aquele era o lugar mais romântico de Campos, eu não tinha mais dúvidas. Estava na cidade mais feia do mundo.

    Saciado por Big Macs e batatinhas, meu amigo Bruno informou a próxima parada. Outros colegas nos aguardavam num boliche. Não me incluo entre os aficionados do esporte, mas, após a aterrorizante placa da varanda, o que viesse era lucro. Antes de ir, é claro, tirei uma foto do casal no cenário mais romântico em que eles estariam pelos próximos dias. Chegando ao local, compreendi o porquê de o McDonald's estar vazio. Toda a cidade havia decidido jogar boliche naquela noite. Pelo menos foi a impressão que tive quando me aproximei de um enorme galpão dividido entre centenas de mesas na área próxima à rua e as pistas de boliche propriamente ditas ao fundo. Poucos minutos após sentar para um chope a título de aquecimento à prática esportiva, uma garçonete, espremida no meio de tanta gente, derrubou um copo cheio de Coca-Cola Light em cima de mim. Em cima da única calça que eu levara para todo o feriado. Minha atuação nas pistas também não foi das mais agradáveis. Logo na primeira jogada, soltei a bola de forma desastrada. Ela quicou e passou para a pista vizinha. E não derrubou um único pino. Com contagem eletrônica, não havia como reparar o erro. Eu desperdiçara a jogada. Não a minha. A do infeliz da raia à direita. Talvez ele estivesse liderando a disputa. Quem sabe até quebrando seu recorde pessoal. E eis que surge um idiota, arremessa a bola direto na canaleta e acrescenta um sonoro zero a seu score. Lentamente virei-me com a intenção de um pedido de desculpas que não chegou a se concretizar, dado que meu sorriso amarelo foi recebido com extrema frieza por três grandalhões mal-encarados. Melhor voltar urgente para o hotel.

Na manhã seguinte, com minha calça sabor Coca-Cola, desci decidido a começar o dia com um café expresso para espantar a má sorte. "Aqui não tem não", os membros do staff logo avisaram. Então me chame um táxi. Quinze minutos depois, entrei no carro e passei as instruções ao motorista. Qualquer lugar que tenha café expresso, por favor. Sem se impressionar com meus ares cosmopolitas, lançou um rápido olhar de lado, engatou a primeira e seguiu em frente, confiante. Ótimo, pensei. Para minha surpresa, já na segunda esquina entrou em um posto de gasolina. Chamou o frentista. "Você sabe onde eu acho café impresso?" O frentista não sabia. Fez cara de que nunca tinha ouvido falar nesse tal café impresso. Meu condutor não se abalou. "Te deixo no centro, lá você deve achar. Lá tem tudo." Na falta de melhores opções, aceitei a sugestão. Engatou novamente a primeira e saiu do posto. No primeiro semáforo, propôs um papo. "Paulista?" Sim, paulista. "Eu sou do Rio." Ah, do Rio. "Conhece o Rio?" Conheço, conheço. "Eu era bombeiro lá. Vim para cá há seis anos, cobrir as férias do meu cunhado, que tinha um táxi. Aí me apaixonei pela cidade e acabei ficando." Mesmo sem obter resposta, prosseguiu. "Sei que você deve estar se perguntando: como é que eu troquei uma cidade tão linda como o Rio por isso aqui? Aconteceu o seguinte: eu sou feio, sabe? Minha mulher também. Também é feia. E Campos é feia, não vou mentir para você. Então tudo se encaixou. Entendeu?" Mal tive tempo de compreender a lógica daquele raciocínio, e ele estacionou seu Santana na entrada de um calçadão. "É aqui. Seis reais."

Após algumas tentativas, acabei encontrando o café expresso. Ruim de doer, mas expresso. Para meu azar, demorei demais na missão e, quando voltei ao hotel, havia me desencontrado das outras pessoas. Foi assim durante todo o dia. Eu chegava à universidade, eles haviam acabado de sair. Ia para outro lugar, ninguém havia chegado. Lá pelas três da tarde dei-me por vencido. Joguei algumas partidas de sinuca sozinho, assisti televisão, li um pouco, e o tempo acabou passando. À noite, a palestra também não foi grande coisa. Pelo menos partiria no dia seguinte. Desta vez, conforme informação fornecida pela organização, uma van da universidade me levaria ao Santos Dumont. Seis e meia na porta do hotel, com nome e celular do motorista caso ocorresse alguma eventualidade. Postado de frente para o rio barrento, sete e quinze da manhã, vi um Gol caindo aos pedaços estacionar a meu lado. Nem olhei. Estou esperando a van da universidade. O motorista desceu e se dirigiu a mim. "É você o rapaz que vou levar até o Rio?" Era eu. "Minha mulher vai também. Aproveitamos para fazer algumas compras. Não tem problema, né?" Não, não tem. Me disseram que você viria às seis e meia. Estou tentando ligar nesse número aqui, falaram que era seu celular, mas só cai na caixa postal. "Deixa ver." Tomou o papel de minha mão e observou com ar grave. "É... é meu número sim". Fez uma pausa. "Sabe o que é? Eu estava dormindo." Meu desespero em voltar logo para casa era tão grande que considerei o argumento "estava dormindo" satisfatório e dei a discussão por encerrada. Já na estrada, minha constante reiteração de não ter pressa não o comoveu. Corria feito louco. Confesso que nas duas horas e meia em que me espremi no banco da frente (a mulher dormia esparramada no banco de trás) senti saudades da viagem de ida. Ao chegar, quase beijei o chão do aeroporto, tal qual o falecido papa, tão grande era a sensação de alívio. E olha que não morro de amores pelo Rio de Janeiro.

Mas enfim... sobrevivi. Logo após a hora do almoço entrava aqui em casa, são e salvo. Desfeita a mala, a fim de apagar qualquer vestígio da malfadada aventura, retornei ao hall para recolher o jornal empilhado de três dias. Antes de encaminhá-los à área de serviço, decidi dar uma olhada. Uma matéria chamou-me particularmente a atenção. Um fenômeno urbano acontecia em São Paulo. Jovens bem-nascidos trocavam o conforto de bairros de elite da capital pela Barra Funda, transformando o até então decadente bairro no hype do momento. Como se não bastasse a total falta de contexto no postulado, já que na realidade tais jovem deveriam morar com os pais na Vila Nova Conceição e se dirigiam à Barra Funda movidos principalmente pelas limitações econômicas impostas a quem decide morar sozinho, a matéria ia além. Dizia que o bairro poderia se tornar o SoHo paulistano. "Aluguéis baratos e boas baladas" eram apresentados como prova. No segundo parágrafo, depoimentos inacreditáveis. Fulano de tal (jovem e "produtor cultural", lógico) "sempre sonhou morar entre galpões abandonados e uma linha de trem". Lindo sonho. Um pouco contraditório, o entrevistado emendava um elogio às crianças que brincam nas ruas do bairro. Peraí. Ou galpões abandonados ou crianças jogando bola na calçada. Os dois juntos não ornam, a não ser que estejamos assistindo ao início de um filme B qualquer sobre gangues rivais e que, em poucos minutos, um carro passará em alta velocidade metralhando aqueles pobres inocentes.

Nada soava natural na matéria. O moço não tinha ido para lá por adorar a mistura esquizofrênica de decadência urbana com pureza infantil. A Barra Funda não vai se tornar o SoHo. O motivo é simples. Esse movimento de jovens descolados empenhados em transformar o bairro não existe. É forçado. Meu contra-ataque parece não surtir efeito, e o cara dos galpões não desiste. Continua falando bobagens. Quer "trazer mais pessoas para a vizinhança para que o bairro fique parecido com ele". E as crianças? Já se esqueceu delas? Quando os argumentos racionais são por demais adequados a um modelo ideal — seja ele qual for —, não adianta. É mentira. A Barra Funda só se tornaria o SoHo... (espere um pouco, vou trocar a imagem. É um pouco cafona demais querer "se tornar o SoHo"). A Barra Funda só se tornaria o bairro descrito se esses novos moradores — jovens, urbanos e produtores culturais — possuíssem efetivos vínculos afetivos com o lugar. E é impossível criar algum minimamente real quando você mesmo não assume o porquê de morar lá. É matemática. Você gasta tanta energia fazendo pose e inventando histórias que não sobra tempo para nenhuma outra atividade. Mesmo convencido de minha opinião, resolvi checar. Liguei para minha mãe. Quando meus pais vieram para São Paulo, no fim dos anos sessenta, moraram alguns anos na Barra Funda. Começaram em um apartamento na Lopes de Oliveira para depois se transferirem para outro, na rua Barra Funda. Foi nesse último que nasci. Perguntei a ela se havia escolhido o bairro por sempre ter sonhado morar entre galpões abandonados e uma linha de trem. Ou se porque lá eu poderia crescer jogando bola na calçada. Sem nenhuma hesitação, respondeu que não. Eles se mudaram para lá porque tinham uma considerável limitação de dinheiro na época e, entre as opções possíveis, o bairro era o que apresentava mais proximidade com o trabalho de ambos, além de uma boa infraestrutura. Simples. Não teve vergonha nenhuma em me dizer isso. Não havia por que ter. Se temos pouca grana, temos pouca grana. Ninguém morre por causa disso. Não precisa disfarçar como opção de vida ou postura estética. Mas isso foi há mais de trinta anos, você me diz. Pensei a mesma coisa. Por isso também perguntei a ela se o bairro era mais arrumadinho na virada dos setenta. "Não, não. Era bem parecido com o que é hoje".

"Aluguéis baratos e boas baladas" já formaram um binômio aplicado a diversas outras localidades. Há poucos anos dizia-se o mesmo do Centro Velho de São Paulo. Morar no Copan era um heróico ato de resistência à cafonice burguesa. Um atestado de responsabilidade social, evitando fechar os olhos para as reais feições da cidade. Também certificava sofisticação cultural. "Um Niemeyer, cara. Moro num Niemeyer." E as baladas então? Hotéis decrépitos e prédios abandonados eram "o" lugar para dar uma festa. Passada a novidade, nada mudou. Não houve um renascimento da área. No fundo, apesar do discurso contrário, ninguém realmente queria isso. Só a aparência bastava. Os hotéis continuam decrépitos e os prédios abandonados. O bar do Copan fechou. Daqui a três anos, provavelmente vou ler alguma matéria sobre a Lapa estar se tornando o SoHo paulistano. Mais três, e será a vez do Bom Retiro. Outros três e ficarei sabendo que é na Bela Vista que as coisas acontecem. Esqueça. Nada vai acontecer.

Não se desespere, contudo. Você não vai precisar chamar o caminhão de mudança a cada três anos para morar no bairro "certo". Existem opções mais duradouras. Ainda que Jardins, Vila Madalena, Alto de Pinheiros e até mesmo o Itaim possuam — cada um em seu segmento específico — bom valor agregado, nenhuma aposta é tão certeira quanto instalar-se em Higienópolis. Desde que, em 1999 ou 2000, a revista britânica *Wallpaper* deu grande destaque ao bairro em uma de suas edições, hordas modernas têm-se deslocado para lá. Se o dinheiro não der, Santa Cecília está valendo. Dica importante, não assuma o "Santa Cecília". Diga que mora no "Baixo Higienópolis". Ainda assim não dá para bancar? Bom, a Barra Funda é pertinho também. (Olha só, que coincidência...)

Um casal de publicitários veio em 2001. De tão empolgados com a recente ascensão, só se referiam à nova vizinhança como O Bairro. Isso mesmo, caixa-alta. "Estamos caminhando n'O Bairro". Se você souber qual é a diferença deles para qualquer novo-rico do Jardim Anália Franco, me conte, porque eu não sei. Em fins do ano retrasado conheci uma jornalista que morava n'O Bairro fazia dois anos. Quando soube que éramos vizinhos, logo soltou o clichê: "O legal de Higienópolis é que dá para fazer tudo a pé." Começamos a namorar, e alguns meses depois, durante um passeio, ela subitamente parou e disse: "Que coisa, não? Então é verdade que dá para fazer tudo a pé..." Não acreditei. Ora, de que adianta você se vangloriar por morar "onde dá para fazer tudo a pé" se você efetivamente não o faz?

Outro grande atrativo d'O Bairro é a quantidade de celebridades por quarteirão. Mas preste atenção. Uma coisa é você apontar para o prédio branco na esquina e comentar "O Jô Soares mora aqui". Outra, bem diferente, é completar com "A Adriane Galisteu também". Modernos e descolados fingem não se importar com isto. Por isso, o ar blasé e a escolha certa do famoso a ser citado é fundamental, já que boa parte de sua energia deve ser gasta para disfarçar o fato de que você é um deslumbrado. Então nada de instant celebrities ou jogadores de futebol, por favor. Admito, no entanto, nunca ter entendido muito bem o que morar perto do Jô Soares pode acrescentar a alguém. O prédio de um ex-presidente fica a poucos metros do meu e isso nunca fez a menor diferença na minha vida, com exceção do aglomerado de jornalistas que, em dia de eleição, atrapalha o trânsito. Não me imagino mais bacana ou importante. Seria um tanto quanto ridículo, não? Se minha vizinha do terceiro andar é uma idiota (e de fato é), problema dela. Se o cara do prédio ao lado é ex-presidente, mesma coisa.

"Eu sou feio. Minha mulher é feia. Campos é feia. Por isso me apaixonei pela cidade. Entendeu?" Acho que agora entendi.

# Aonde ir, o que usar

Retomo após quase dois meses sem escrever. Sei que não vem ao caso. Afinal, isto é um manual, não um diário de adolescente. Nesse intervalo, terminei um namoro que andava mal das pernas já fazia algum tempo. Já sei, já sei: também não vem ao caso. Além disso, não é nenhuma novidade. Manter namoros capengas para repentinamente encerrá-los sempre foi uma de minhas especialidades. Desta vez, contudo, fugi à minha própria regra e não emendei uma namorada na outra. Não que minha rotina tenha sido substancialmente alterada por tremenda inovação. Nada disso. Outra de minhas especialidades é manter-me absolutamente sozinho até mesmo quando aparentemente acompanhado. Mas o fato tem me incomodado. Para ser sincero, não o fato em si. Na verdade é a idéia que me atormenta, de forma semelhante àquela que experimentamos quando estamos à noite em casa e o maço de cigarros acaba. Ainda que inexista a vontade de fumar, somos tomados por um absoluto desespero. Em menos de dez minutos já estamos, calça jeans por cima do pijama, nos abastecendo no 7-Eleven mais próximo.

Mesmo assim, como disse, minha rotina não sofreu sensíveis abalos, e não foi esse o motivo pelo qual demorei tanto para retomar esta tarefa. Pelo contrário, a ausência de compromissos protocolares deveria aumentar minha disponibilidade. O fato é que, coincidência ou não, tenho trabalhado demais neste período. Como você já sabe, sou designer gráfico. Vivo disso, e quando o volume de projetos é muito grande, não tem jeito. Não estou reclamando. Fico feliz que, pelo menos nesse setor, tudo esteja indo bem. Há alguns anos montei, com dois amigos de faculdade, nosso escritório. De lá para cá muita coisa mudou, quase sempre para melhor. De uma salinha fomos para um espaçoso sobrado. De um mísero estagiário para vinte funcionários. Do saldo negativo para cartões de crédito dos mais reluzentes. Mantive, contudo, alguma resistência a certas mudanças e ainda somo ao trabalho dito criativo outras funções. Apresentar e "vender" a empresa, por exemplo. O resultado mais visível dessa atitude é uma jornada de trabalho pra lá de extensa. Outro efeito colateral, menos genérico, é o número de horas perdidas nas salas de espera dos clientes. O chá-de-cadeira é algo tão onipresente na cultura corporativa quanto o quadro "Missão da Empresa" fixado atrás da secretária. Também não estou reclamando. Dirijo-me às reuniões considerando inevitável a meia horinha desperdiçada. Distraio-me como posso. Meu score de Black Jack no celular é dos mais altos, e quase sempre há uma máquina de café e um punhado de revistas. Se as máquinas de café têm recebido considerável atenção por parte do pessoal de RH, o mesmo não se pode dizer da seleção de revistas. Não são poucas as vezes em que o único exemplar disponível é a Revista de Logística ou a Supermercado Moderno. Fazer o quê? Leio mesmo assim. Já li o Anuário Exame de Infra-Estrutura três vezes. Especialista em enganar a mim mesmo, considero proveitoso o consumo de uma série de informações que nunca me alcançariam não fosse o chá-de-cadeira. Gisele Bündchen traiu Leonardo DiCaprio. O bambu é o novo hit da arquitetura ecologicamente correta. Murilo Benício, um ótimo pai. Kadu Moliterno também, apesar de bater na mulher. O rótulo de PE metalizado surge como uma alternativa aos não-adeptos do BOPP. *Et cetera, et cetera.*

    Arquivo a maioria como dados inquestionáveis — Murilo Benício ser um ótimo pai, por exemplo. Algumas poucas, contudo, chamam-me a atenção e exigem processos mentais mais complexos do que simplesmente jogá-las em alguma gaveta da memória enciclopédica. Semana passada, numa revista mensal de comportamento jovem, encontrei uma delas. Um artigo ironizava o surgimento de um bar para jornalistas. O autor do texto (de quem não me recordo o nome mas que parecia ser, ele próprio, jornalista) zombava da proposta do estabelecimento, elencando os estereótipos do público-alvo. Quando somados, levavam à inevitável conclusão de que o lugar seria insuportável. Concordei. Realmente, a idéia de abrir um "bar de jornalistas" com o intuito de reunir a nata pensante da profissão era pretensiosa e ridícula. A matéria poderia terminar por aí. Eu, satisfeito, viraria a página para talvez descobrir que Fábio Assunção também é um bom pai. Mas não. Imagino que faltassem alguns toques para seu autor entregar o trabalho conforme a encomenda. Completou, então, com um último parágrafo. Nele, ainda cheio de graça, descrevia hipotéticos bares destinados a profissões específicas. Bar de professores de ginástica. Bar de veterinários. Bar de dentistas. Todos devidamente ridicularizados. Até que estava divertido. Hora de estragar tudo. Diante da aparente conclusão de que todo bar nos mesmos moldes seria péssimo, o autor nos apresenta a exceção à regra. Um bar ótimo. Freqüentado majoritariamente por uma única categoria profissional, mas ótimo. De verdade. "O máximo", para transcrever de forma exata a súbita empolgação. O autor batia cartão. Todos os seus amigos e amigas também. Afinal, era "o" lugar para ir. Mega hype. O segredo? Nada de jornalistas, veterinários ou dentistas. Designers, meu caro. Era um "bar para designers".

Caso você tenha torcido o nariz quando afirmei, na introdução deste livro, que minha profissão está entre as mais equivocadas do momento, creio que acaba de reconsiderar. Bar de designers é demais pra cabeça. Perto daquilo, toda tentativa de avacalhar seus colegas de profissão soava estéril. O autor se tornava, ainda que de forma involuntária, o único jornalista realmente ridículo daquela página.

Apesar do nome e endereço, nunca ouvira falar no tal bar. Deve ser porque sou um designer passé e mal relacionado, você está pensando agora. Não, não. Pelo contrário até. Por diversos motivos, conheço pessoalmente boa parte dos bons designers. Em dias mais inspirados, eu mesmo me incluo nesse grupo. Conheço os mais jovens e os mais velhos. Não sou simpático a boa parte deles, é verdade. Sentimento recíproco. De qualquer modo, imaginá-los todos juntos, cervejinha na mesa, não me pareceu exatamente a cena mais cool do mundo. São pessoas comuns. Algumas mais moderninhas, outras ainda usando colete. Bonitos, feios, cabeludos, carecas, gordos, magros. Uma massa heterogênea, como o são todas as que não se disfarçam. Que eu saiba, não freqüentam os mesmos lugares. Ainda que freqüentassem, não os imagino causando o impacto descrito pela matéria. Então, quem diabos eram os designers que transformavam o bar para designers num dos points descolados da cidade? Em condições normais, não me preocuparia muito com a resposta. Mas por conta deste maldito manual não teve jeito. Num momento de distração da recepcionista, rasguei discretamente a página com o endereço do lugar. De volta ao escritório, mandei um e-mail para o Tuta sugerindo trocar a sinuquinha semanal por um "bar que nunca fui mas que dizem ser legal". Ele deve ter estranhado, mas topou. Na noite seguinte, lá estávamos nós.

Decepção instantânea. De design aquilo não tinha nada. A decoração... Ou melhor, a ambientação ("decoração" não cai bem em um livro descolado) do lugar nada tinha de especial. Memorabilia do móvel moderno? Cartazes japoneses? Nada disso. Imagino que algumas paredes preenchidas com duvidosos padrões gráficos geométricos em preto, bege e branco pudessem sinalizar "design" para os mais desavisados, mas era só. As pessoas que ocupavam quase todas as mesas e o balcão, 25 a 35 anos, mesma coisa. Estavam no lugar certo. Desarrumavam o cabelo do jeito certo. Vestiam a roupa certa e demonstravam gostar das coisas certas. Talvez isso também sinalizasse "design" para alguns. Vai saber. Tentei ouvir as conversas mais próximas, sem muito sucesso. Das poucas palavras esparsas que fisguei, nenhuma constava do glossário publicado pela associação dos designers. Não havia design no bar de designers. Se bobear, nem designers. Só pessoas que imaginavam estar conectadas com o que há de mais contemporâneo, ainda que uniformizadas. Uma piada.

"Alguém que capta, antes da grande maioria, o melhor de cada tendência e ainda assim mantém-se autêntico." É uma boa definição do que significa ser descolado. Como fazer isso? Moleza. Revistas e sites gringos de moda, comportamento e música. "Captar" nunca foi tão fácil. Você olha, "capta" e apropria-se daquilo como se fosse originalmente seu. Não requer esforço algum. A tendência mudou? Você muda também, oras. Aconselho-o contudo a, pelo menos por enquanto, esquecer a parte referente a "manter-se autêntico". Afinal, ou você se fantasia ou não. Não há meio-termo. "Captar" a roupa que vai vestir, o som que vai escutar e o lugar que vai freqüentar em veículos de comunicação produzidos aos milhares não é exatamente aquilo que podemos chamar de autêntico. Melhor eliminar isso da definição. "Alguém que capta, antes da grande maioria, o melhor de cada tendência." Ficou mais adequado. Não? Do que você está reclamando agora? Consultou os sites e revistas, fez tudo certo e, quando olhou para os lados, percebeu que estava todo mundo igual a você? Ok, corrijo de novo. "Alguém que capta o melhor de cada tendência." Espere um instante, só mais um ajuste. Esqueci-me de incluir as aspas para a correta leitura do verbo *captar*. "Alguém que 'capta' o melhor de cada tendência." Que foi? Ainda faltam aspas? Tá bom, tá bom. "Alguém que 'capta' o 'melhor' de cada tendência." Pronto. Eis um descolado.

 Durante uma viagem de férias, estava sentado ao lado de três italianos, também turistas. Aparentavam uma idade próxima à minha. Todos os três manejavam, entretidíssimos, suas câmeras digitais. Não,

não tiravam fotos. Fotografia não era o assunto. Verificavam, compenetrados, os recursos de seu equipamento. Quando encontravam algo digno de nota, mostravam com grande estardalhaço aos companheiros. Competiam, percebi aos poucos. Quem tinha a máquina com mais recursos? Mais memória e melhor resolução? Durante a quase uma hora em que me mantive próximo, nenhum dos três tirou uma única foto. E olha que estávamos diante de um dos grandes monumentos da humanidade. Não pareciam se importar. Nem com a paisagem, nem com as fotos. O lance eram as câmeras digitais. Confesso que fiquei confuso. Não surfo. Logo, não tenho uma prancha de surfe em casa. Seria estúpido. Se eu não gostasse de fotografia, não teria uma câmera. Se não me importasse com a paisagem a minha frente, também não gastaria somas consideráveis de dinheiro para visitar outros continentes. Me lembro que, na segunda-feira seguinte ao show dos Rolling Stones na praia de Copacabana, ouvi durante o almoço o diálogo de uma gordinha moderna com seu colega de trabalho. "Meu! Fui nos Stones sábado! Ma-ra-vi-lho-so!" O rapaz pareceu não se emocionar e perguntou, monocórdico, se ela havia visto ou ouvido alguma coisa, já que o público ultrapassara o milhão de pessoas. A gordinha seguiu vibrante. "Não! Não vi nem ouvi nada! Mas isso não importa! O importante é que eu fui!" Ah, entendi. Você não vai até o Rio de Janeiro e se espreme no meio de um milhão de pessoas para ver o show dos Stones. Você vai para ter assunto no almoço de segunda. Ok. Então não deixe a peteca cair durante o resto da semana. Para o almoço de terça, leve o último modelo do iPod. Na quarta, a sugestão é ir a um bar de designers. Quinta-feira é dia de mostrar sua câmera digital com muitos megapixels. Por fim, na sexta, feche a semana com chave de ouro, ironizando seus colegas de profissão desde o primeiro pãozinho do couvert até o final da sobremesa.

# Transe cultura

Chega a ser irritante o modo como me apego a meus hábitos. Toda semana faço as mesmas coisas, respeitando invariavelmente a mesma seqüência. Acordo, tomo um Toddynho, fumo um cigarro e entro no banho. Aos sábados e domingos, saio a pé na direção do café de sempre. Pego um jornal e sento-me na mesa bem à entrada, lado esquerdo. Um croissant com manteiga e um café grande, por favor. "O de sempre", para ser mais exato. Nem bem esvazio a xícara, peço outro, desta vez pequeno. No caminho de volta para casa, desvio-me por um percurso mais longo (sempre o mesmo, claro), o que me dá a chance de chamá-lo de "passeio". É assim todo santo sábado e domingo. Há mais de oito anos. Por mais monótono que possa lhe parecer, eu gosto. Nunca imaginei trocar o croissant por um muffin ou voltar pela rua de cima. Mudanças mais substanciais, então, nem pensar.

Com o passar do tempo, percebi outros moradores da vizinhança igualmente adeptos ferrenhos de seus hábitos. Como eu, sempre nos mesmos lugares, sempre fazendo as mesmas coisas. Não os conheço pessoalmente, nem eles a mim. Mas a insistente repetição fez com que deixasse de considerar fortuitos nossos contatos semanais. Acabei unido aos três por uma estranha familiaridade. Sem chegar ao ponto da troca de cumprimentos, sinto uma espécie de alívio quando os encontro em seus postos. Tudo está em ordem no mundo, parecem me informar. Como não sei seus nomes, chamo-os em minha cabeça por apelidos que eu mesmo apliquei. Nada de muito criativo, não. Simplesmente denominam o atributo físico mais visível de cada um. O Tingido. A Barriga. O Barbeado.

Todos aparentam ser solitários. Não que esteja clamando por compaixão para com os três. Longe de mim. Aliás, acho o estereótipo da solidão bastante ridículo. Recentemente li um livro cujo protagonista se apresentava como tal. Seu autor acrescentou ao pobre coitado uma corcunda e um emprego burocrático. Deve ter imaginado enriquecer assim a composição do personagem, ou algo do gênero. Quem sabe até não se trate de uma técnica em voga entre escritores. Não tenho como saber. Mas a verdade é que achei a deformação lombar e o cargo de escrivão extremamente desnecessários. Caricatura involuntária. Talvez esteja advogando em causa própria, já que imagino que a impressão que o Tingido, a Barriga e o Barbeado têm de mim não deva diferir muito da que tenho deles. Não importa, mantenho minha tese. Ser solitário é uma coisa. Ser corcunda e escrivão outra, bem diferente. Ser um coitadinho também.

Existe, durante o fim de semana, uma seqüência fixa de apresentação à qual nós quatro respeitamos. O Tingido é o primeiro. Todo sábado de manhã sento-me do lado esquerdo, e lá está ele à direita. Deve ter uns sessenta anos, quatro ou cinco abrigos de moletom que comprou nos anos oitenta e um belo estoque de Grecin 2000 para explicar o negrume de seus cabelos. Vem daí, é lógico, seu apelido. Na soma, qualificar sua aparência como esquisita seria por demais elogioso. Parece um peru russo, considerando a possibilidade de a espécie povoar tais paragens. Há três anos surpreendi-me quando apareceu com a cabeça raspada. Quimioterapia, concluí. Felizmente, poucos meses depois, voltou a fazer jus ao apelido. O tratamento deve ter dado certo. Mal-humoradíssimo, grunhe palavras incompreensíveis para as garçonetes, mas elas parecem compreender. Deve ser "o de sempre" também. Toma seu café com o olhar fixo em algum ponto da rua. Levanta-se, solta um grunhido final e vai embora.

Hoje, contudo, faltei a nosso encontro. Apesar de toda a devoção a meus rituais cotidianos, vez ou outra surge algum compromisso ao qual sinto-me obrigado a comparecer. Desta vez, a culpa foi da festa comemorativa de uma editora para quem costumo fazer projetos gráficos. Dez da manhã, na Pinacoteca do Estado. Minha preguiça social reclama, mas sucumbe aos deveres do ofício. Dez e cinco abri a porta do táxi, desejei bom fim de semana ao Marco Antônio e deparei com as grades do local. Andei até o guardinha. "Vai ter evento sim, às onze. Dez e meia a gente abre." Idiota. Custava ler o convite com atenção? Meia hora e cinco voltas no deprimente Parque da Luz depois, finalmente os portões se abriram. Antes de entrar, lembrei-me que era proibido fumar lá dentro e decidi me abastecer da nicotina necessária para sobreviver à próxima hora. Nem bem havia debruçado no parapeito próximo à escadaria de acesso ao museu, encontrei uma amiga que eu não via fazia tempo, subindo os degraus. Após alguns minutos de entediantes "o que você anda fazendo?" e "tem visto fulano?", minha interlocutora foi abordada por uma saltitante mulher com sandálias de couro. "Silvinha! Você por aqui?" Trocaram beijos no rosto e a empolgada foi em frente. "Já veio ver a exposição que está em cartaz? Hoje é minha terceira visita!" Ante a negativa, prosseguiu. "Ah, mas você tem que ver a sala com a instalação de argila!" Silvinha fez cara de interessada. "TEM que ver! Superinspirador para o trabalho com as crianças!" Mais beijos no rosto, e ela se foi, bata de algodão balançando ao vento. Perguntei quem era a distinta. "Trabalha comigo na escola." Ah. Olhei no relógio. Ainda faltavam quinze para as onze. Vamos ver a tal instalação de argila?

Após observar atentamente por alguns minutos uma sala forrada com prateleiras sobre as quais se depositavam formas geométricas feitas de argila, capitulei. Silvinha, por que sua amiga lhe disse que isso aqui seria superinspirador para o trabalho com as crianças? Ela também não sabia. Talvez porque as crianças trabalhem com argila e, durante o processo, o material fique disposto em prateleiras como aqui. Foi essa a única possível explicação que encontrou, sem emitir sinais muito evidentes de estar ela mesma achando aquilo ali "superinspirador". Também não me convenceu, não. Bom, onze horas. Despedimo-nos, e lá fui eu escada abaixo, cumprir minhas obrigações profissionais. Mas a solução do enigma me perseguia. Horas depois, já aqui em casa, venci pela insistência. Finalmente percebi por que diabos a sandália de couro tinha achado aquilo tão inspirador. Nada a ver com o trabalho com as crianças ou com a instalação em si. Nada disso. Os alunos continuariam se melecando de argila conforme os métodos tradicionais. Ela apenas reconhecera numa obra de arte seu ambiente de trabalho. Nenhum processo analítico envolvido. Olhou e achou igual. Só. Automaticamente, ao que parece, sua sala de aula adquirira um novo status. Por tabela, ela também. Arte. Imaginei-a entrando na classe, rodeada por blocos de argila e suspirando satisfeita. Arte. Ela não era uma pessoa qualquer. Era alguém que vivia Arte.

Há alguns meses, por conta de outro compromisso protocolar, fui ao teatro. Peça experimental. Adaptação livre de uma releitura de Shakespeare. A frase soa estranha, eu sei, mas não escrevi errado. Deixe-me explicar melhor. Primeiro alguém leu a obra do inglês e escreveu sua releitura. Depois, para o espetáculo, outra pessoa pegou essa releitura e, a partir dela, fez a adaptação livre. Entendeu? Em posse da informação, preparei o espírito. Roubada na certa. Mas toda preparação se revelou inútil. Quando as luzes se acenderam após duas das mais lentas horas que já vivi, a experiência real suplantara largamente minha expectativa. Eu imaginava que seria ruim. Não imaginava que pudesse ser tão ruim. O ator principal ficava pelado no palco. Em silêncio, outra atriz entrava em cena e vestia o rapaz com um vestido de noiva. Ele lá, parado. Entrava outra com um punhado de terra na mão e começava a sujar o(a) noivo(a). E ele lá. As duas saíam, e ele lá. De repente, começam a cair pilhas de livros sobre ele. Sim, ele continuava parado. A chuva literária cessava e, segundos depois, ao som de uma canção do Rage Against the Machine, Hamlet (é, o noivo enlameado era Hamlet, ou pelo menos uma livre adaptação de uma releitura do príncipe dinamarquês) começava a dançar, mostrando todo seu lance corporal. Ao final da música e da coreografia, marchou firme em direção à platéia. Braço esquerdo estendido, "Heil Coca-Cola!" a plenos pulmões. O resto da peça ia daí para pior. Tá louco. Claro que não entendi nada. Faz alguns anos que já não consigo simpatizar com aquilo que não entendo. Dois foram os motivos que me levaram a tal atitude. O primeiro foi o natural surgimento de uma empáfia cultural à medida que adquiri algum conhecimento e segurança. O segundo ocorreu quando o cinema iraniano era um hit paulistano e eu um jovem muito suscetível aos programas impostos pelas namoradas. Ao final de um filme chatíssimo, saía da sala quando cruzei com dois outros espectadores, na faixa dos quarenta anos. "Puta filme! Puta filme! Não entendi porra nenhuma, mas puta filme!" Não dá, né? Escala de valores, sejam quais forem, é juízo pessoal. O que aquilo nos diz. Transferir a incumbência para o senso comum ou uma resenha qualquer não faz sentido. Pode até pegar bem, mas não faz sentido. Voltemos, contudo, ao Hamlet da Praça Roosevelt. Talvez movido por alguma disfunção de autoflagelo, tentei descobrir qual era a intenção por trás daquilo. O noivo enlameado, a chuva de livros, o Zack de la Rocha gritando "Fuck you!". Dias depois, a emissária que destaquei para a missão voltou frustrada. Sua amiga que participava da montagem se contentou com o previsível "cada um interpreta como quiser/puder". Assim fica fácil. A responsabilidade é toda do receptor. O proponente — autor/atores, no caso — se limita a apresentar sensações. Se há alguma idéia ou discurso, estão ambos soterrados sob camadas espessas de símbolos. Ora, não creio ser necessário ir ao teatro ou a lugar algum para que alguém me proponha sensações. Isso o mundo me fornece, em doses maciças. Quando chego ao trabalho. Quando dou a volta no quarteirão. Quando tomo café ao lado do Tingido. Quando visito algum lugar que não conheço. Quando estou vivo, para simplificar. Apreendo-as conforme minha capacidade e disposição. De "arte", seja ela visual, literária ou corporal, espero a proposta de uma discussão. Uma discussão clara, sem disfarces. Sem verniz.

Às vezes, porém, parece que o verniz é o recheio, não um mero acabamento. Recordo-me de uma garota orgulhosíssima pelo fato de seu namorado estar lendo Anna Karenina em francês. Como a obra fora escrita em russo, ler em francês ou português dava no mesmo. Era o livro traduzido. Eu sabia que o rapaz, Colégio Equipe/Jardim Bonfiglioli, era brasileiríssimo. Logo, Tolstoi em francês não me pareceu idéia das mais brilhantes. Mas nem falei nada. Ela estava tão pimpona com o moço, por que desanimá-la, não é mesmo?

Marcel Proust é outro prato cheio. Dado que pouquíssimas pessoas enfrentaram os sete volumes de *Em busca do tempo perdido*, dá para citar o escritor francês sem correr grandes riscos. O problema é que, em geral, quem o faz também não está incluído entre os leitores da obra. Encarou — no máximo — o primeiro livro, *No caminho de Swann*. É neste volume que se encontra a célebre passagem em que o narrador molha sua madeleine numa xícara de chá e, ao prová-la, é invadido por reminiscências da infância passada na cidadezinha de Combray. É um trecho marcante, concordo. E apresenta a tese da memória involuntária que o autor vai retomar durante toda a obra. Agora, se as mais de duas mil páginas de *Em busca do tempo perdido* se resumissem a isso, o livro seria uma ode à perda de tempo — com o perdão do trocadilho. Mas é o que parece. Faça chuva ou faça sol, vejo o escritor francês citado em algum lugar. Sempre por causa da história da madeleine. Uma espécie de manual de auto-ajuda versão alta cultura. Proust é aquele que nos ensina "o valor de resgatar a infância" e só. Quer dizer, o cara passa quase vinte anos trancado em seu quarto escrevendo um dos maiores monumentos literários da humanidade para, um século depois, virar alguém que nos diz como foram importantes nossas tardes no parquinho. Ou para auferir a estatura intelectual daqueles que querem nos contar de suas tardes no parquinho. Não é uma simples recordação. É um momento proustiano. Caso você me considere despreparado para analisar Marcel Proust, sirvo-me da mesma estratégia utilizada por Woody Allen em *Annie Hall* com Marshall McLuhan. Com a voz, o original. Em carta ao autor quando da publicação de *O caminho de Guermantes*, seu editor Gaston Gallimard afirma que um funcionário da editora, animado pela leitura do livro, passara ele próprio a também registrar suas memórias infantis. Proust, educadamente, responde a Gallimard que o moço deveria desistir da empreitada, já que *Em busca do tempo perdido* não era um livro sobre lembranças de infância.

Não sou um defensor apaixonado da obscuridade acadêmica. Pelo contrário. Nunca achei que a qualidade de alguma coisa está vinculada a sua dificuldade de compreensão. Dá para posar de muito culto falando intrincadamente. Ninguém, a não ser seus companheiros do departamento de teoria literária da faculdade, vai entender. Melhor. Quanto menos entenderem, menos perceberão que você, na verdade, tem muito pouco a dizer. Para seu alívio, desta vez não vou enchê-lo, leitor, com meus argumentos. Acelerando o processo, direto à fonte. Proust define aqueles que, ainda que cheios de erudição, são incapazes de associá-la às sensações pessoais da vida, como "celibatários da arte". "(...) como aqueles primeiros aviões, que não conseguiram sair do chão onde residia não o meio secreto, ainda por descobrir, mas a ânsia de vôo." Não é uma definição elogiosa. E não deixa de ser engraçado que os celibatários de hoje não reconheçam nela a si próprios. Não que Proust não tenha dado a dica. "Passar da sensação estética ao conhecimento de si mesmo." Enfurnados, seguem caprichando na inabalável aridez de suas teses de pós-doutorado.

Para azar (ou sorte) deste capítulo, fui interrompido na longa elucubração pelo barulho do telefone. Não, isso não é nenhum recurso literário barato. O telefone tocou mesmo. Se o fato é por demais corriqueiro para você, não posso dizer o mesmo. Ainda mais a essa hora da noite. Era a Luciana. Ex-namorada. Mais estranho ainda. Nos separamos há pouco mais de um ano e meio, depois de nove meses juntos. Para que você não se confunda, ela não é a jornalista que adorava andar a pé, nem a desinformada que veio de Marte. Atente à ordem cronológica: primeiro a Luciana, depois a jornalista e, finalmente, a marciana. Fugindo à regra, por muito tempo acreditei que poderíamos dar certo juntos. Não deu. Fugindo à regra, mesmo separados continuamos a trocar e-mails, ainda que esparsos e recheados de banalidades. Hoje foi diferente. Luciana estava em Londres. Chegara à capital britânica três meses atrás e permaneceria por mais dois, voltando em fins de setembro. A conversa mole reinou sobre os primeiros dez minutos. Mas aos poucos nos animamos a discorrer sobre assuntos dos mais variados. Por mais de uma hora. Mesmo afastados no tempo e no espaço, ela parecia adivinhar exatamente sobre o que conversar. Falar exatamente o que eu queria ouvir. Sentia-a perto, para minha total surpresa. Nem bem nos despedimos, fui tomado por um forte e inevitável desconforto. Será que deveríamos ter ficado juntos? Quando, elaborando a questão em minha mente, ventilei a possibilidade de que a inesperada proximidade talvez se devesse a alguma conexão cósmica, percebi que era hora de dormir. Mas não quero deixar leitor nenhum na mão. Esforço-me, portanto, para a confecção do breve resumo a seguir, mesmo um tanto desnorteado. Apesar de sucinto, creio-o suficiente.

Ande sempre com um livro em francês sob o braço. Mesmo se o autor for Machado de Assis.

Quando contar como sente saudades de brincar de Playmobil, credite o fato a Marcel Proust. Se ambos não surtirem o efeito desejado, experimente repeti-los, desta vez acrescentando lama, argila ou qualquer outro material gosmento a sua indumentária. Deve dar certo.

# Construa um look jovem

Estamos no meio de julho e faz muito frio. Um problema que o Tingido resolve com facilidade. Sobrepõe dois de seus casacos de moletom e pronto. A Barriga, então, nem se abala. Encontro-a quando dobro a primeira esquina para dar início ao "passeio" dominical. Lá está ela, na calçada, circulando lépida entre um boteco e um ponto de táxi. Apesar do copo de café na mão, aparenta um porre constante. Pensando bem, o líquido escuro que carrega deve ser outra coisa. Algum vermute. O horário, ainda longe do meio-dia, turva minha percepção. Tudo o que não preciso às onze da manhã é de uma dose de vermute. Barriga divide seu tempo entre os caras sentados no balcão do boteco e os taxistas à espera de passageiros. Empenhada num eterno jogo de sedução. Não que esteja apaixonada por alguém específico, não. Qualquer um está valendo.

Atira para todos os lados. Nenhum dos alvos dá a mínima trela. Não os culpo. Além do lastimável estado etílico, Barriga passa muito longe do ideal masculino de beleza. O corte de cabelo Kid Abelha sinaliza que já viveu dias melhores. Porém, sua consistência pastosa, típica de quem não vê um xampuzinho faz tempo, nos informa que esses dias se foram há muito. Um dia parou-me e pediu um cigarro. Nada de "por favor, você tem um cigarro?". Trôpega, disparou um "oi, gatinho, descola um careta?". Voz gutural. Sorriu assim que seu pedido foi atendido. Percebi então uma enorme mancha preta e podre em seu dente da frente. Confesso que custei a remover da retina a desagradável imagem. Por fim, é claro, há a barriga da Barriga. O motivo pelo qual seu apelido se deve a essa parte específica de seu corpo não deriva da presença de alguma deformidade abdominal ou volume descomunal. Seria demais, cá entre nós. Dente podre, cabelo duro e alcoolismo já está de bom tamanho. É uma barriga grande, apenas. Provavelmente nem a notaria em condições normais. O problema é que a Barriga veste, invariavelmente, inacreditáveis tops minúsculos para deixá-la à mostra. Ora, se o objetivo é seduzir, nada como uma roupa sexy. Insinuante.

Imaginando ser essa uma de suas grandes armas a fim de agarrar algum taxista, a temperatura pode bater recordes negativos que ela não desiste. Da cintura para cima, nada além de um top. Já com o Barbeado acontece o oposto. Guardador de carros três ruas acima da esquina da Barriga, possui o guarda-roupa típico de quem se acostumou a ganhar peças de fontes diversas. Se a camisa de hoje mal entra em seu corpo, as mangas da de amanhã alcançam-lhe a ponta dos dedos. Às vezes é engraçado. Quando veste um uniforme do Dante Alighieri, por exemplo. Ou uma camiseta preta "Eu já fui clicado por J. R. Duran". Inverno instalado, contudo, Barbeado dá adeus ao ecletismo e repete o mesmo look durante toda a estação. Um sobretudo preto Matrix projetado originalmente para alguém com o dobro do seu tamanho. Uma gravata larga, estampada em laranja e azul turquesa, que me remete às sessões Sala Especial de sexta à noite, na Record dos anos setenta. Chic. Assim como a Barriga, Barbeado se apresenta à vida pública com cálculo e esmero. A feiúra é outro ponto em comum dos dois. Magro e desengonçado, estampa um dos sorrisos mais desagradáveis do planeta. Torto e desdentado. Mesmo assim, insiste. Sempre sorridente. Seu jeitão retardado parece-me fruto de alguma limitação inata, não do consumo de substâncias alucinógenas. Desenvolto, sempre aluga pedestres desavisados para um papo. Até onde pude perceber, sem objetivos carnais. Pesquei a esmo a frase "Um homem de verdade deve estar bem barbeado todos os dias" quando as vítimas eram uma menina de onze anos e seu cãozinho maltês. Vai saber sobre o que conversavam. De qualquer modo, a partir daquele dia, nomeei-o como o homem de verdade que é.

"Vocês estão com a roupa errada." Não, não. A frase não foi dita em direção a moletons sobrepostos, tops diminutos ou medonhos sobretudos. Estava eu, três ou quatro anos atrás, na fila de um show com uma (mais uma) ex-namorada e sua amiga. Nenhum megashow não. Um daqueles clubes "alternativos" — "indie" é termo que me recuso a usar — que pipocaram em São Paulo nos últimos anos, suprindo a demanda exigida pelo enorme contingente de fãs de rock "alternativo" (que também pipocaram em São Paulo nos últimos anos). A moça se rendera ao gênero havia pouco, fato que me despertava sérias dúvidas sobre a profundidade de tal conversão. Algo não se encaixa quando alguém comenta em detalhes o último CD do Kassabian para, em seguida, perguntar "que banda é essa?" ao final de uma canção dos Ramones. Mas não dava para reclamar. Podia ser bem pior. Ela poderia comentar em detalhes o acústico do Otto. Ou a discografia completa de Bebel Gilberto. Em música, sempre pode ser pior. Mas, enfim, lá estávamos os três na fila. Todos com sua indumentária habitual. Minha companhia, aliás, sempre se mostrara sinônimo de absoluta elegância, no sentido real do termo. Encontraram um conhecido. Gordinho. Cabelos enrolados, meio compridos, franja disfarçando a calvície incipiente. Óculos. Um nerd, você está pensando. Sim, um nerd. Um nerd de casaquinho Adidas. Cumprimentou as duas com beijinhos. A mim, com um rápido e blasé soerguer de sobrancelhas. Em seguida, voltou-se às amigas. "Vocês estão com a roupa errada para o show de hoje."

Diz-se que é fundamental ter estilo. Moda é estilo. Estilo, personalidade. Logo, as roupas que usamos comunicam nossa personalidade. Talvez não seja bem assim. Talvez nossas roupas transmitam um mero aspiracional. Quem gostaríamos que os outros pensassem que somos. Não quem somos. Sem nos dar conta disso, acaba acontecendo de elaborarmos um plano de marketing tosco e primário. Definimos o posicionamento ideal. Vasculhamos revistas e vitrines a fim de mapear o mercado. Análise concluída, vamos às compras de nosso *reason to believe*. Cansou de ser um gordinho de óculos e cabelo "Eddie Van Halen ficando careca"? Quer ser cool? Olhe em volta e descubra a solução num casaquinho Adidas. Não se aprofunde muito, contudo. Caso contrário, corre-se o risco de lembrar que a marca é uma enorme multinacional. E que isso não orna muito com rock alternativo. Perceber que você, apesar da roupa certa, continua o mesmo gordinho, com os mesmos óculos e o mesmo corte Van Halen também é outro forte argumento para fugir de maiores reflexões.

Para ter estilo, porém, não basta simplesmente adquirir a indumentária. É necessário associar a ela todo o comportamento correlato. Ser jovem é agir como tal. Quando eu tinha dezesseis anos, levantar cedo para encarar uma aula de química era um suplício. Não ter programa para sábado à noite, o mais sombrio dos cenários. Me lembro de receber, à época, o telefonema de um amigo convidando-me para o show do Rod Stewart no Parque Antártica. Eu não gosto do Rod Stewart, respondi. "Nem eu." Fomos os dois. Trinta mil pessoas. Chuva torrencial. Isqueiros piscando enquanto Rod entoava "Sailing". Um horror. Mas, na minha avaliação, era melhor do que ficar mofando em tédio. Hoje, passados quase vinte anos, estou aqui novamente em casa num sábado à tarde. Tenho a certeza de que o telefone não irá tocar com o convite para algum show duvidoso. Se por alguma improbabilidade ele acontecesse, eu não aceitaria. O Rod que me desculpe. Também não acordo na segunda-feira e dirijo-me ao trabalho com o mau humor de quem vai de encontro à tabela periódica. Não me sinto menos jovem por não repetir os hábitos de adolescência ad infinitum. Acordar de ressaca às três da tarde não é prova de vitalidade. Nem a única antítese possível a acomodar-se ao burocrático papel social que os anos trazem.

Mas vamos lá, recapitulando os pontos-chave. Quer seduzir um taxista? Minitops. Inverno urban chic? Sobretudo preto e gravata Sala Especial. Show de rock alternativo? Casaquinho Adidas. Preste bastante atenção. Roupa certa, meu caro. Escolha sempre a roupa certa.

(Luciana tem me ligado dia sim, dia não. Conexões cósmicas, meu amigo. Cósmicas.)

# Sofisticado sim, cafona jamais

Para que serve a vida? Completamente imerso em meus problemas cotidianos, examinava pela janela do táxi as duvidosas virtudes estéticas da Lapa e mal dei ouvidos ao Marco Antônio. Ele tentou novamente. "Para que serve a vida?" Pelo amor de deus, Marco! Isso é lá pergunta que se faça numa quinta-feira de manhã? Tenha dó! Moço educado que sou, contudo, mantive em silêncio a explosão indignada. Minha resposta limitou-se a um piscar de olhos sinalizando que a pergunta era um tanto complicada. Animado pela incompetência de seu passageiro, Marco Antônio iniciou o processo expositório. Para que serve a vida? Na semana anterior, sexta à noite, estava em seu ponto próximo à PUC. Por volta das onze, horário de saída dos alunos, três passageiros entraram em seu táxi informando como destino uma balada na Cardeal. Nada de estranho nisso. Jovens mais fim de semana é igual a balada. Disparou o taxímetro e deu a partida. A poucos metros do local indicado, o trio sacou suas armas e, sob gritos de "Cala a boca!" e "Vou te matar!", fizeram-no dirigir por mais de uma hora. Vira aqui. Vira ali. Agora aqui. Quietinho. Aos poucos, os prédios foram se transformando em casas. As casas em barracos. Quando, por fim, seu Corsa sacolejava sobre uma estradinha de terra para se enfiar num matagal, ele teve a certeza de que não sairia vivo dali. Mas saiu. Os assaltantes deixaram-no no meio do mato, intacto, e foram-se embora com o carro e a féria do dia. Depois de caminhar por algumas horas, conseguiu achar um telefone e ligar para o irmão. No dia seguinte, a polícia encontrou o veículo. Segunda-feira já estava de volta ao ponto.

Prosseguiu. Não queria encerrar a palestra definindo a existência como se composta exclusivamente de pânico e violência aliviados por intervalos atenuantes. Aproveitou o farol vermelho, sacou do porta-luvas um álbum de fotos e jogou-o em meu colo. Sua mulher e dois filhos, numa viagem à sede das Testemunhas de Jeová durante um feriado. Assim que, passada a última foto, devolvi o álbum a seu local de origem, Marco me sorriu orgulhoso. Ontem, pela primeira vez, Pedrinho, seu caçula, chamara-o de papai.

Compreendi ambas as histórias, ambas as mensagens. Para que serve a vida. Para que serve a vida do Marco Antônio. Infelizmente, não consegui incorporar sua moral a minha própria vida. Entrar num matagal de madrugada cutucado por três canos de revólver era realmente horrível. Traumático e assustador. Por outro lado, ouvir seu filho chamando-o de pai pela primeira vez possuía, ainda que clichê e um tanto piegas, doses inquestionáveis de ternura e delicadeza. Sei, no entanto, que tanto minha indignação quanto meu enternecimento foram reações automáticas. A emoção que experimentamos diante da vida de terceiros é artificial. Somos condicionados a sorrir quando alguém nos conta uma vitória e a lastimar quando do contrário. Reagimos corretamente apenas. Afinal, eu sou uma boa pessoa. Nada que inspire alguma proposta de canonização, mas uma boa pessoa. Você também é uma boa pessoa, não? É um dos princípios básicos de nossa auto-imagem. O que exatamente "ser uma boa pessoa" significa é, para nossa sorte, um tanto quanto nebuloso. Podemos ser frios e calculistas. Cafajestes. Corruptos. Mas no fundo, lá no fundo, sabemos que somos bons. Mesmo o mais vil de nossos atos encontra, em nosso mundo interno, algo de nobre e puro que o justifique para nós mesmos.

    Não sentir efetivamente aquilo que se demonstra não é privilégio do mau-caráter. É nosso procedimento-padrão. Ao ver um amigo chorar à morte de alguém, choramos a seu lado. Mas não estamos tristes. Erguemos nossas taças com entusiasmo num brinde aos noivos. Mas não estamos felizes. Os raros momentos em que o mundo externo nos desperta sentimentos genuínos acontecem apenas porque neles reconhecemos cenas de nossa própria vida. Tornam-se instrumentos para que possamos reviver nossos momentos-chave. Os bons e os ruins. Os reais e os imaginários. Felicidade e tristeza são estados individuais. Só sofremos por nós mesmos. Não se compartilham sentimentos. Meu time faz um gol (fato raro ultimamente), eu levanto os braços e grito. Se presenciar o fato ao vivo da arquibancada, estarei certamente rodeado por milhares de pessoas que dividem a mesma preferência. Todos vamos comemorar no mesmo instante. Cada um festejando o gol do seu time. Não estou feliz porque o time do cara sentado a meu lado fez um gol. Nem ele por causa do meu. Eu festejo o gol do meu. Ele, o do dele. Circunstancialmente, o time é o mesmo. Então nos abraçamos. Fingimos compartilhar a alegria. Na verdade, celebramos a coincidência. Tudo o que se pode celebrar ou lamentar em conjunto é a coincidência. O resto fica por conta de cada um.

"A Cacá não é má pessoa." Minhas conversas telefônicas com Luciana iam de vento em popa até esse dia. "A Cacá não é má pessoa." Quase desliguei na cara dela. Ah, a Cacá não é má pessoa? Josef Mengele também não. E o pobre PC Farias então? Um injustiçado... Irritada com minha ironia de quinta categoria, Luciana decidiu, passados poucos minutos, ela mesma bater o telefone. Sou mesmo um idiota.

Assim que concluiu a faculdade de jornalismo na Porto Alegre natal, Cacá veio para São Paulo. Nada de objetivos muito originais. Independência, sucesso profissional, vida cultural agitada. O de sempre. Uma vez instalada, mais uma vez ateve-se ao trivial e rapidamente se transformou em uma paulistana antenadíssima. Só quem vem de fora consegue se apresentar tão de acordo com a etiqueta pública da metrópole, fruto de minuciosa preparação. Quando em Roma, aja como os romanos. Ou melhor, quando em Roma, aja como o estereótipo dos romanos. A dedicação ao estudo de costumes paulistanos, contudo, não assegura perfeito desempenho nos primeiros meses. Referir-se à cidade como Sampa, por exemplo, é garantia da revelação do disfarce. Faz parecer que vocês dois são íntimos, eu sei. Não, não. Confie em mim. Nada de "Sampa". Além de ajustes pontuais como esse, outros obstáculos tornaram a missão de Cacá um pouco mais difícil do que posso ter dado a entender. O maior de todos talvez tenha sido "O homem, de John Wayne a David Beckham". "O homem, de John Wayne a David Beckham." Cacá fechava os olhos tentando se concentrar. À sua frente, um arquivo de Word em branco. Para conseguir a vaga na redação de uma grande revista, tudo o que precisava fazer era aquele maldito teste, sob a forma de um artigo. O tema? "O homem, de John Wayne a David Beckham." David Beckham tudo bem. Mas quem era esse John Wayne? Apertava ainda mais os olhos. John Wayne. John Wayne. John Wayne. Já sei! Já sei! Batman!!! Não, não. O Batman é Bruce Wayne. Wayne errado. John. John. Quando percebeu restar pouco tempo, desistiu. Começou a digitar. Ao final, nenhum dos três mil toques exigidos fazia referência ao caubói. Foi aprovada.

Conheci-a dois anos depois. Já não chamava a cidade de Sampa e provavelmente informara-se a respeito da identidade de John Wayne. Conversa rápida, numa festa de amigos da Luciana. Animada, comentava que pretendia se mudar do apartamento que dividia com uma colega. Luciana fazia as vezes de interlocutora enquanto eu examinava em detalhes a pintura branca do teto. "Ah, é? Que legal! Por quê?" Subir de padrão. Em vez de dividir um apartamento de dois quartos com uma amiga, vou dividir um de três com mais duas pessoas. Subir de padrão. "Legal! E onde fica o novo?" Aqui na Vila Madalena, é claro. Saiu para pegar outra cerveja. Em poucos segundos finalizei o minucioso exame e voltei-me para Luciana em silêncio. Ela entendeu exatamente o que eu queria lhe dizer e assentiu com os olhos. Dias depois, Cacá ligou para a amiga. Que ótimo encontrar você! Gostei do seu namorado. Vamos combinar mais vezes. Você pode me convidar para tomar um prosecco com morangos na casa dele.

Mais uma vez peço desculpas. Creio estar desenhando a você, leitor, uma imagem distorcida de Cacá. Subir de padrão. Prosecco com morangos. Pronto, temos aqui uma perfeita perua social climber. Não era bem assim, na verdade. Aluna aplicada, Cacá sabia que nada pode ser tão uncool quanto uma perua social climber. Maconha, férias na Bahia e blusa de rendas compunham seu posicionamento. Visual hippie chic, conforme as revistas de moda.

Cultura e dinheiro. É o que temos a exibir. Só isso. Pode-se querer mostrar ambos. Pode-se escolher apenas um. Ou ainda equilibrá-los em diferentes porções. Mas não passa daí. Restringir-se à exibição exclusiva de artilharia bancária é, no entanto, por demais vazio. Coisa de novo-rico. Cafona e passé. Por outro lado, correm uns bons anos desde que o desfile de um vasto repertório cultural ou ampla riqueza espiritual bastavam como garantia de admiração entre seus pares. Nos dias de hoje, a correta dosagem é fundamental. Subir de padrão, mas na Vila Madalena. Duzentos reais numa blusinha de rendas. Um tapa no baseado aqui, um gole de prosecco ali.

"Ok, ok. Mas, afinal, nada disso é motivo para que a simples menção ao nome da fofa tenha azedado seu papo com a tal Luciana." Não se impaciente, caro leitor. Sei que lhe devo uma explicação mais convincente. Aqui vai. A festa do "quero subir de padrão" foi a única vez em que encontrei Cacá ao vivo. Sem entrar em maiores detalhes, passados alguns meses daquela noite, meu namoro com Luciana entrava em sua fase terminal. Além disso, conhecera a jornalista. Por uma casualidade, esta também era amiga de Cacá. Mesmo sem saber direito o que acontecia, a moça indignou-se. Hora de proteger as duas amigas deste cafajeste filho da puta que vos escreve. Descobriu meu telefone comercial pelo Google e, sentado em frente a meu computador numa manhã de sexta-feira, escutei por quase meia hora agressões e ameaças. Consegui manter o autocontrole, limitando-me a repetitivos monossílabos. E ela bombardeando. Eu espumava por dentro, mas seguia quase mudo. "Eu vou contar tudo! Eu vou contar tudo!" E mais ofensas. Inimigo abatido e justiça imposta, desligou satisfeita. Ela era uma boa amiga. Uma boa pessoa.

Para que serve a vida? Portador de alguma atrofia espiritual, nunca consegui atingir o menor grau de transcendência. Qualquer tentativa de justificar o absurdo sob luzes místicas ou planos imateriais sempre me soou por demais perigoso. Se, por um lado, alivia, por outro traz resignação. Submetemo-nos a "forças superiores" que nos convencem a aceitar o inaceitável. Para que serve a vida? Exibir cultura e dinheiro? Também não parece grande coisa. Para que serve a vida? Não sei. Talvez não sirva para nada. Talvez se resuma a um ininterrupto exercício de minimizar perdas. Trabalha-se para não morrer de fome. Quando já se tem o suficiente, acumulamos para não morrer de fome no futuro. Ou para exibir cultura e dinheiro. Bebemos sucos naturais e corremos na esteira para retardar nosso apodrecimento físico, ainda que inevitável. Entorpecemo-nos de álcool, sexo e congêneres imaginando driblar assim o tédio. Amamo-nos na ilusão de eliminar a solidão como condição primária. Minimizar perdas. De qualquer modo, é tudo o que temos.

# Criatividade e despojamento nine to five

Desta vez fui eu a vítima. Tomara meu café ao lado do Tingido e assistira ao sedutor espetáculo da Barriga como de hábito quando, ao dobrar a esquina distraído, o Barbeado me pegou de jeito. "Vem cá! Vem cá!" Olhei para os lados na esperança de que a convocação fosse dirigida a outro transeunte. Era comigo. Encurralado, rapidamente já me encontrava frente a frente com seu sorriso desdentado. "Tudo belezinha?" Estendeu a mão para um aperto fraternal. Como um velho amigo, disparou a falar sem nenhuma cerimônia. "Sabe de uma coisa? Andei pensando. Ser guardador de carro não é para mim." É mesmo? "É. O pessoal não respeita, tá ligado?" Puxa vida. "Acham que sou bandido. Acham que sou marginal." Que chato. "Mas não sou marginal, tá ligado? E tô cansado dessa vida. O pessoal não respeita." Chato mesmo. "Fora que não dá dinheiro. Ser guardador não é para mim. Não dá dinheiro. Acham que sou marginal." Quando pensei que o Barbeado limitaria a reportagem a suas agruras profissionais, seu até então murcho semblante iluminouse. "Decidi mudar de vida!" Ah, é? "É!" E vai fazer o quê? "Virar loverboy!" Oi? "Loverboy!" Loverboy? "É! Loverboy! Garoto de programa!" Garoto de programa. Medi seu pouco mais de metro e sessenta, esquálido. A pele manchada. O olhar vidrado. Quem iria querer pagar por um programa com isso? A não ser que a demanda por sexo bizarro tivesse sofrido uma explosão nos últimos anos sem meu conhecimento, quase ninguém. Animadão, abriu o tal sorriso medonho. Quase ninguém não. Ninguém. Não pude me controlar e desatei a rir.

O Barbeado, no entanto, interpretou minha reação como melhor lhe convinha. Em vez de escárnio, eu emitia uma alegre aprovação àquela grande idéia. Loverboy. Genial. E passou a gargalhar também. Ficamos os dois, no meio da rua, rindo juntos como antigos camaradas. Passado algum tempo, o mais novo garoto de programa da cidade respirou fundo a fim de recuperar o ar e, uma vez recomposto do ataque de riso, decidiu me reter mais um pouco. "É! Loverboy! Posso colocar aqueles anúncios no jornal, tá ligado? Moreno, 28 anos." Ai, meu deus. Esse cara não vai parar? "A mulherada vai ficar louca! Reginaldo, loverboy." Peraí. Reginaldo? Você se chama Reginaldo? "É! Reginaldo, loverboy. Moreno, 28 anos. Vai ficar legal, não?

No jornal." Não sei não. Reginaldo não é nome muito bom para um Loverboy. "Não?" Não. Tem que ser algo com mais impacto. Mais mistério. "Você acha?" Claro. Reginaldo? Reginaldo não dá não. Fez cara de pensativo. "Você tem razão. Tem razão. Impacto. Mistério." A questão se apossou do Barbeado/Reginaldo com violência, e ele submergiu em busca de uma resposta. "Reginaldo não dá. Reginaldo Loverboy. Não dá", murmurava fitando a calçada. Ufa. Estou livre. Orgulhoso com o sucesso de minha estratégia, aproveitei sua distração e afastei-me discretamente para poder, enfim, dar prosseguimento a meu passeio. Cada um que me aparece.

Antes de começar este livro, você provavelmente leu o texto de quarta capa. Textos de quarta capa têm a função de instigar-nos. Puxa, deve ser legal! Vou levar. Funcionam, além disso, como uma primeira resenha. Atestados de qualidade. A recomendação ilustre é tiro certo: "'Brilhante!' — *New Yorker*". "'Magnífico!' — Millôr Fernandes." Não precisa de mais nada. O livro é bom. Caso se trate de uma primeira edição e nenhuma celebridade faça parte de seu círculo, contudo, não convém desanimar. Os textos de quarta capa anônimos também têm lá seu grau de eficiência. Direcionam nossa percepção, ainda que de forma discreta. Se nele consta algo como "Um romance que nos revela as tragédias e comédias a que todos estamos sujeitos durante o processo de construção de nossa personalidade", vou procurar a tal revelação a cada parágrafo percorrido.

Mesmo não encontrado resposta, posso usar a frase como se opinião de lavra própria. "É um romance que nos revela as tragédias e comédias a que todos estamos sujeitos durante o processo de construção de nossa personalidade." Basta acertar no tom de voz e pronto. Impressiona qualquer garota.

Antes de começar a ler este livro, você provavelmente leu o texto de quarta capa. Mas vire o livro de costas e leia o texto de novo.

Acabou?

Bacana, não? Fui eu mesmo que escrevi. Agora leia minha curta biografia, na segunda orelha. Impressionado? Percebeu que não sou um zé-ninguém? Pois é, também de minha autoria. Lógico que, a esta altura, ainda não escrevi efetivamente esses textos, daí não poder comentá-los em detalhes. Assim que terminar o processo de revisão destas páginas, no entanto, eu me dedicarei à tarefa com afinco. Sei de antemão que não vou me contentar em simplesmente sintetizar seu conteúdo. É muito provável que aplique à obra algum sentido mais amplo e profundo do que ela realmente possui. Do mesmo modo, em minha biografia, deixarei de lado qualquer modéstia blasé ou pose despretensiosa para apresentar-me como um rapaz de fina estirpe. Estou sob o disfarce do anonimato, afinal. Por que não aproveitar? Jovem. Designer de sucesso. Tipógrafo. Ilustrador. Escolho uma foto boa e passo por bonitão. Como se não bastasse, autor de um livro que revela reflexões das mais sofisticadas, penetrando nos subterrâneos da alma humana. Engano a todos. A mim mesmo, inclusive. E não pense que estou todo pimpão imaginando ter inventado a roda. A técnica deve ser das mais manjadas. Se tenho algum mérito, foi o de tê-la descoberto por conta própria, quando comprei um livro após ler em sua quarta capa: "na raiz deste romance, a pergunta: como nos tornamos o que somos?". Seiscentas páginas depois, mal-humoradíssimo, não descobri o menor traço de nenhuma ensaio sobre como nos tornamos o que somos. Só mesmo o autor do livro, superestimando seu potencial, poderia ter escrito aquilo. Para piorar, não se tratava de um best-seller. Logo, ainda não pude impressionar nenhuma garota.

"Pois é, velhinho! Estou de volta ao mercado." Durante algum tempo, eu e um colega de profissão nutrimos pública antipatia mútua. Para minha surpresa, telefonou-me após intervalo de três anos sem notícias, como se fôssemos grandes amigos. "Pois é, velhinho! Estou de volta ao mercado. Mas estou meio por fora dos preços. Muito tempo parado. Agora estou de volta. Mas meio por fora dos preços. Peguei um trabalhão e não sei quanto cobrar. Me dá uma força: quanto você cobraria para um projeto de redesign de rótulos? Empresa de bebidas. Coisa grande." Bom, coisa grande? "É, grande. Mas não enorme. Grande." Tá, grande. Deixe-me pensar. "Grande, grande não. Grande para média." Grande para média? "Na verdade média. Coisa média." Rapidamente chutei um valor qualquer. Não queria chegar ao ponto de ouvi-lo dizer "Não, não. Para ser sincero é bem pequena. Pequena para minúscula. Fundo de quintal."

"Passe lá em casa que lhe mostro minha coleção de livros sobre o Rodchenko." Adepto de processos educacionais pouco formais, o professor de pós-graduação pediu dois capuccinos e atendeu sua orientanda sentado num café próximo à universidade. Na mesa ao lado, eu lia compenetrado como Leão ia escalar o Palmeiras para o jogo do dia seguinte. Ao ouvir a cantada, fechei o jornal simulando distração. Vamos ver no que vai dar. Quarentão branquelo, grisalho e muito dentuço, o professor tentava equilibrar a genética desfavorável com um outfit arrojado. Cavanhaque e cabelos cuidadosamente bagunçados. Tênis All Star de camurça preta. Camisa havaiana de mangas curtas. "Eu sou especialista em arquitetura alemã dos anos vinte. Gropius, Mies." A aluna, vinte e poucos anos, não parecia se empolgar muito com o Pernalonga de brechó. Em silêncio, limitava-se a mover a cabeça em sentido afirmativo. "Bauhaus. Muito material de referência sobre a Bauhaus lá em casa." A moça prosseguia muda. "Lissitsky. Tenho tudo do Lissitsky para você pesquisar. É só a gente combinar." Um funk carioca saiu do rádio do estabelecimento em nossa direção. Demonstrando profunda conexão com a cultura contemporânea, Pernalonga sacodiu os ombros e passou a cantarolar a música. Foi o bastante para minha irritação vencer qualquer curiosidade. Chega. Melhor voltar a meu jornal para rechecar os planos de Leão para o Verdão.

"Muito legal!" Esfuziante, uma amiga respondia a minha corriqueira pergunta sobre seu novo emprego. "Está muito legal trabalhar lá na redação! A gente faz as reuniões de pauta sentados todos num futon ou bebendo num bar. Não é muito legal?" E essas reuniões são como? Diferentes? "Não, não. São iguais a qualquer outra. Mas a gente faz no futon. Fala aí, não é muito legal?" Ô.

"Descobri que queria ser designer quando colei um outdoor no teto do meu quarto." Currículos devem se ater à breve descrição de formação escolar e habilidades profissionais. Mas, se a posição almejada exige criatividade, por que não exibi-la logo de cara? Este deve ter sido o pensamento da autora da frase acima, segundos antes de completar seu próprio currículo com a dita-cuja. Ao recebê-lo, assumo não ter esboçado a menor intenção de entrevistá-la. Contudo, confesso que por uns bons dias senti enorme pena de seus pais. "Amor, liga para aquele seu conhecido que é pintor de paredes e pergunta quanto ele cobra para pintar de novo o teto do quarto da Claudinha."

"Estou com uns projetos engatilhados." Passeava em frente à praia quando cruzei com um ex-colega da FAU. Sentado na calçada, vendia pulseirinhas e agendas artesanais. "No momento estou meio parado, vendendo umas coisas para levantar uma grana. Mas estou com uns projetos engatilhados." Ah, legal. Quais projetos? "Uns projetos aí. Umas coisas bem bacanas. Bem pessoais. Tudo engatilhado." Dois meses depois, ao avistá-lo no mesmo lugar, achei melhor dar meia-volta.

"A banda tem nos Mutantes forte inspiração, oferecendo ao público um show dançante e divertido, e costurando diversos estilos musicais em seu caldeirão sonoro." A foto ao lado exibia cinco ou seis jovens. Um mais feio que o outro, mas com aparência de bem-nascidos. Acreditando-se grandes trangressores, um deles segurava uma corneta de plástico enquanto outro trajava uma reluzente capa rosa de cetim. Os demais seguiam pelo mesmo caminho. Todos almejavam o posto de Arnaldo Baptista do século XXI. Desde que, é claro, não fosse necessário ter um final semelhante ao original. Vamos brincar de louquinhos.

Os filhos da classe média alta nascidos após a década de sessenta não vieram ao mundo para se tornarem burros de carga. Formados em bons colégios de linha pedagógica progressista, aprenderam desde cedo a valorizar uma imagem de criatividade. Os pais acham lindo. Pouco importa se o Júnior já passou dos trinta. O importante é unir prazer e expressão pessoal ao hollerith do dia cinco. O contrário é sobra reservada aos pobres de espírito.

Fique tranqüilo, caro leitor, pois as opções são muitas. Música e cinema. Design, jornalismo e fotografia. Publicidade. Gastronomia. Algumas delas, ainda que certeiras no posicionamento, envolvem decisões arriscadas. Moda, por exemplo. Apesar de exibir a dose certa de glamour e expressão pessoal, você vai ter que se paramentar com uma indumentária pra lá de duvidosa a fim de comunicar a todos seu ofício. Há também um segundo escalão. O daquelas profissões nas quais se encontra enorme potencial mas que, por um pequeno detalhe, não chegam lá. Psicólogas, por exemplo, não se situam no topo do ranking por se derreterem em demasiado ante qualquer menção ao nome de Chico Buarque. A combinação de atividades também é boa pedida. Publicitário-músico. Jornalista-cineasta. E que tal designer-escritor? Dessa eu gostei.

  O trabalho não enobrece o homem. Fazer reunião de pauta no futon, sim. Fingir ter projetos engatilhados, falar de Rodchenko cantarolando funk carioca, posar para fotos com corneta de plástico e colar um outdoor no teto do quarto também. Escrever em terceira pessoa a quarta capa do próprio livro, idem.

# Engajado!

Minha avó não vai agüentar muito tempo. Sucessivos derrames fragilizaram-na por demais nos últimos anos, mas ela seguiu resistindo. Desta vez, porém, talvez não consiga. Está inconsciente há cinco dias, na UTI do Servidor. Meia hora de visita por dia, das quatro às quatro e meia. Uma pessoa por paciente. Conforme o revezamento familiar organizado por minha mãe e sua irmã, este sábado foi minha vez.

Num corredor verde-água ao lado da escada, observei, espremido entre vinte e poucas pessoas silenciosas, uma porta de vidro. Eu tinha chegado fazia vinte minutos, e ainda nenhuma movimentação do lado de lá. Às quatro em ponto, o funcionário apareceu, de prancheta na mão. O silêncio foi embora. Ele pareceu não se incomodar. Manteve-se indiferente à súbita balbúrdia e passou a listar, em voz alta, o nome dos pacientes. Um a um. O referido parente se identificava, recebia a senha e entrava. A senhora gorda que tentou levar a filha adolescente junto foi barrada. "Uma pessoa apenas." A filha ficou, ele voltou os olhos à prancheta. Quatro e dez. Já bastante irritado com a lerdeza do idiota de avental, escutei o nome de minha avó. Pegue aqui sua senha. À direita, depois do bebedouro. Vinte camas alinhavam-se lado a lado numa grande sala que surgia quando, depois do bebedouro, virava-se à direita. No sexto leito, a senhora gorda chorava segurando a mão de um velhinho careca que supus ser seu pai. No oitavo, encontrei a vó Amparo. Tentei um oi, mas ela não estava me ouvindo. Grandes feridas saltavam de sua boca e pescoço, ao redor das sondas e tubos. O cabelo, que acostumei a encontrar invariavelmente bem penteado, se esparramava pelo travesseiro. Não entendia nada daquilo que os aparelhos em volta indicavam. Não entendo nada de sondas ou tubos. Nem sei se é efetivamente essa a correta denominação. Talvez possuam nomes específicos, e não "sondas e tubos", mas não faria a menor diferença. Na cama número seis, a senhora gorda continuava a chorar e conversar com o pai inconsciente. A número sete não recebeu visita hoje. Eu e minha vó estávamos em silêncio na número oito. Das quatro e dez às quatro e meia. À direita, depois do bebedouro. Minha avó sempre arrumou seu cabelo com aprumo. Hoje ele está esparramado pelo travesseiro. Outra parte cai, desalinhada, sobre sua testa. Eu queria penteá-lo, vó. Juro que queria. Mas não consigo.

"Vamos na festa da Andréia! Vai ser legal!" Não sei. Eu não conheço ninguém. Vou ficar a festa inteira grudado em vocês. Pensem bem. "Bobagem! Ela falou pra lhe convidar. Vai ser legal. Quem sabe você não conhece alguma menina bacana?" Um casal de amigos, empenhado em me livrar da reclusão, passara a semana tentando convencer-me a sair da toca para ir à tal festa. "Vamos lá! Você tem algum outro programa pra sábado à noite?" Não, não tenho. Vamos ver. Eu ligo pra vocês avisando. Compadecido pelo esforço da dupla, deixei em aberto a possibilidade, mesmo decidido a dar o cano. Cinco minutos deitado na cama após ter chegado do hospital, contudo, foram suficientes para mudar minha disposição. Talvez não fosse o melhor dia do ano para ficar sozinho em casa. Entrei no banho, testei algumas camisas (quem sabe não conheço alguma menina bacana?) e lá fui eu à festa da Andréia.

Todas as minhas previsões mostraram-se acertadas. Realmente, não conhecia ninguém além dos dois. Tenho a certeza de que, após uma hora conversando exclusivamente com o amigo deslocado, ambos se arrependeram profundamente de tamanha insistência na minha presença. Me toquei. Melhor dar uma circulada. Primeiro passo, um exame minucioso da casa da Andréia. Parei em frente à estante de livros e fingi profundo interesse nos títulos à mostra. Processo concluído, mesmo procedimento com a prateleira de CDs. Os cinco pôsteres pendurados na parede da sala, apesar de graficamente duvidosíssimos, também foram alvo de detida apreciação. A técnica, porém, ainda que eficaz, mostrou-se de curta duração. Esgotara em vinte minutos todas as possibilidades da sala, cozinha e lavabo. Andréia certamente estranharia se me encontrasse em seu quarto admirando a gaveta de calcinhas. Olhei em volta. Meus amigos engatavam um animado papo numa rodinha. Não vou amolá-los. Que tal pegar mais uma cerveja? Chacoalhei a lata em minhas mãos. Quase cheia. Mas ninguém sabia disso. Acho que vou pegar mais uma cerveja. "Você pode pegar duas pra gente, por favor?" Fechava lentamente a tampa do isopor quando ouvi o pedido às minhas costas. Claro, claro. Pego sim. "Valeu." O cara e a menina aos quais entreguei as latinhas abriram-nas lá mesmo, perto da máquina de lavar, e começaram a conversar. Percebendo a oportunidade, encostei no tanque e fiquei por lá também. As calcinhas de Andréia estavam a salvo.

Aparentemente não se conheciam antes da festa. Aparentemente estavam interessados um no outro. Dane-se. Vou ficar por aqui mesmo. Como as segundas intenções mútuas eram ainda incipientes, nenhum dos dois iria me expulsar dali. Ele, fotógrafo num grande jornal. Ela, recém-formada em psicologia. "Acho muito louco esse lance de fotojornalismo. Sabe? Mostrar a verdade. Sem maquiagem. O Brasil profundo." A moça estava animada. O rapaz, calça cinza/tênis Puma/barbinha, ainda que visivelmente satisfeito com o impacto de sua ocupação, mantinha em silêncio o ar blasé. E ela: "Porque é outra coisa, sabe? As pessoas vivem confinadas em condomínios e shopping centers, não encaram a miséria de frente. Eu faço um trabalho de inclusão social com crianças na favela." "É mesmo? Que bacana." Dessa vez, era ela quem sorria satisfeita por detrás de um inacreditável cachecol verde de lantejoulas. "É bacana sim. Trabalhamos uma porção de coisas. Teatro, percussão, circo. Mas não circo com animais. Circo novo, sabe? Tipo Cirque du Soleil. Sem animais. Acho um horror ver os pobrezinhos maltratados. Criminoso." Ele faz cara de "É claro! Criminosos! Maltratam animais." Eu não faço cara de nada. Conheço bem diversas pessoas do circo "velho" que passam muito longe do estereótipo corrente de torturadores da fauna. Amam seus animais. O que é julgado como crime bárbaro não passa da simples aplicação de uma mesma lógica indistinta a todos os participantes do espetáculo, sejam estes humanos ou não. Treino, apresentação, treino, apresentação. O malabarista ensaia. O tigre ensaia. O malabarista se apresenta. O tigre se apresenta. O tigre vai para a jaula, o malabarista para seu trailer minúsculo. Todos devidamente encaixotados, seguem para a próxima cidade. A mocinha não tem a mínima idéia do que está falando. É discurso pronto de turista social, modalidade tão em voga em nossos dias. Mas fico quieto. Ela dá início ao próximo tópico da conferência, o Oriente Médio. Numa longa explanação, superficial mas cuidadosamente decorada, mistura estatísticas atuais com dados históricos para concluir com convicção: devemos todos nos entrincheirar junto aos mais fracos. O barbudinho concorda sorrindo. Desta vez não me irrito tanto, já que não conheço pessoalmente ninguém diretamente envolvido nos conflitos. Mas a torcida pelo "mais fraco" a mim afigura-se como um fenômeno similar àquele que faz todos os que acompanham futebol nutrirem simpatia pela Portuguesa de Desportos. Nada mais do que isso. Vistas de longe, as agruras do time do Canindé nos despertam compaixão. Pobre e valente Davi numa luta desigual contra os tubarões. Vistas de perto, a coisa deve ser bem diferente. Pergunte a algum Leão da Fabulosa se ele acha romântico torcer para a Lusa na atual conjuntura. Ou se ele acredita que os atuais dirigentes do clube só não o tiram da lama por conta de embargos vindos de agremiações mais poderosas. (Dica: faça isso a certa distância. Caso contrário, a probabilidade de levar um murro na cara é altíssima.) Novamente guardo meus pontos de vista. Melhor continuar quieto. "A sociedade contemporânea se autodestruiu." Com o clichê travestido de profunda reflexão, nosso fotojornalista assumiu o comando. "E, em 2012, tudo vai acabar. A falta de tempo das pessoas, a enorme aceleração do desenvolvimento tecnológico, a crescente violência e desigualdade social, as guerras santas e o terrorismo, a vida frenética das grandes cidades coincidem com o final de uma espiral evolutiva. Está tudo no Calendário Maia." Não, não era suficiente a psicóloga de cachecol de lantejoulas se revelar o Che Guevara da rua Girassol. O barbudinho de tênis Puma precisava ser um esotérico discípulo do Calendário Maia. Pelo amor de deus. Por que diabos não estou vasculhando as lingeries da anfitriã? Por quê? "Em 2012 tudo vai acabar." Levantou então a barra da calça cinza para nos mostrar a panturrilha ornamentada com uma tatuagem do calendário. Como se uma batata da perna tatuada fosse capaz de dissipar qualquer resto de incredulidade de nossa parte. A menina adorou. Devia estar tendo a idéia de tatuar a metralhadora símbolo do Hezbollah na virilha. Em 1832, o Conde de Waldeck desembarcou na península do Yucatán. Ao contrário dos incas e astecas, os maias já haviam abandonado suas cidades quando da invasão espanhola. Foram, portanto, descobertos aos poucos pela civilização européia. Apesar dos abundantes relatos orais, até a chegada do pitoresco austríaco nenhuma documentação visual atravessara o Atlântico. O conde, pintor diletante, instalou-se numa cabana ao pé das ruínas de Palenque, em Chiapas, e passou a explorar a região. Abismado com a exuberância das pirâmides e palácios que a selva encobria, não acreditou que seus autores fossem os ancestrais daqueles índios atrasados que carregavam seu equipamento. Devia ser coisa dos egípcios. Ou dos romanos. Os romanos estiveram em tantos lugares, quem sabe não deram uma passadinha por aqui também? Confiante na precisão de seu raciocínio, toda vez que o objeto estudado apresentava partes faltantes devido à deterioração imposta pelos séculos de abandono, o Conde completava a pintura com iconografia romana, fenícia ou grega. Dá para imaginar o frisson que assolou a Europa quando o material foi publicado. A imaginação pródiga de Waldeck travestiu-se de registro histórico e espalhou-se entre seus concidadãos. Aquilo não era uma civilização pré-colombiana. Era Atlântida, a cidade perdida. Ou qualquer outra coisa mágica. É lógico que, à medida que a região foi mais bem explorada, o surto criativo do Conde veio à tona e descobriu-se que os maias em muito se assemelhavam às outras civilizações pré-colombianas. Inclusive na prática de sacrifícios humanos. E aos poucos a imagem idílica foi se dissipando. Dois séculos depois, aqui estou eu, ouvindo um desavisado discípulo tardio alertando-me para aproveitar os poucos anos que me restam. Por incrível que pareça, mestre no autocontrole, mais uma vez consegui manter a calma e o silêncio. Os dois se entendiam às mil maravilhas. Antagonistas do câncer que devora o planeta. Paladinos da justiça. Ambos acreditavam que o fim das mazelas da humanidade estava vinculado à simples substituição de determinado sistema de governo ou modelo econômico, assim como existem os que, ao mudar o corte de cabelo, crêem terem se transformado em uma nova pessoa. "Porque, se não lutarmos por nada disso, para que serve a vida?" Ih, já ouvi essa pergunta antes. "É, para quê? Para onde caminhamos?" Os dois olham na minha direção. Hora de abrir a boca. Uma piada. Uma piada sempre é mais garantido.

Bom, eu tento seguir sempre na direção de Nova York. Mesmo emendando uma risadinha a seu final, a fim de explicitar a brincadeira, meu duvidoso senso de humor foi extremamente mal recebido pela dupla. Que cara mais vazio. Bom, vocês me dão licença? Acho que aquele pôster do golfinho na sala merece uma segunda avaliação. Tá louco. Vou embora correndo desta festa.

Passara-se quase um mês desde que, irritada, Luciana desligara o telefone na minha cara. Não havíamos nos falado desde então. Entendia seu silêncio como uma clara mensagem para manter-me distante. Mas não acordei muito bem. Precisava falar com ela. Desculpe-me por aquele dia. Eu não quis ser estúpido, não quis irritá-la nem desrespeitar sua amizade com a Cacá. Não queria que isso tivesse atrapalhado. Mesmo. A gente estava indo tão bem... "Tudo bem. Deixa pra lá. Também senti saudades de você." Também? Que bom. Que bom. Meia hora de conversa depois, eu estava decidido. Era ela. A menina bacana era ela. Sabe, falta só um mês para você voltar, não? "Isso. Só um mês." Então, eu queria lhe dizer que acho que a gente pode se acertar. Não acha? "Se acertar?" É, se acertar. Ficar junto. "Pode, pode sim." Respondeu prontamente, como se há tempos esperasse pela proposta. Ela mal se continha de felicidade. Eu também. Então, durante esse mês podemos nos falar diariamente, como antes. Passa rápido. "Passa. Passa rápido." Combinado? "Combinado! Combinado!" Combinado! "Só não vamos conseguir nos falar todos os dias, eu acho." Por quê? "Fico em Londres até a semana que vem. Antes de voltar para o Brasil vou passar três semanas na Índia com uns amigos." Na Índia? O que você vai fazer na Índia? "Ah, sei lá. Uns amigos deram a idéia e acabei topando." Eu não vou reclamar. Não vou reclamar. Não quero estragar tudo novamente. Ah, legal. Índia. "Vai ser difícil telefonar de lá. Acho que todos os dias não vai dar." Tudo bem, tudo bem. Não se preocupe. Um mês passa rápido. "Passa. Passa sim."

Durante o resto do dia, repeti a mim mesmo aquilo que realmente gostaria de ter dito a ela. Esqueça a Índia. Volte para cá agora e me acompanhe até o Servidor. Das quatro às quatro e meia. Depois do bebedouro, à direita. Ajude-me a ajeitar o cabelo da vó Amparo. Sozinho eu não consigo. Juro que tentei, mas não consigo.

# Aproveite a vida

Em meu escritório, esforço-me ao máximo para não aceitar a execução de determinados projetos. Um trabalho tem que resultar em cheque ou prêmio, um antigo chefe me ensinou. Se a excelência gráfica for inviável por causa de limitações específicas de briefing, que pelo menos haja a devida compensação bancária. Para minha tristeza, já descobri ser impossível conciliá-las num único projeto. Não se dão. Ou uma, ou outra. Tudo bem. Basta avisar o ego e o bolso da necessidade de alternância. Ambos hão de compreender. Infelizmente, o contrário não é verdadeiro. Determinadas solicitações surgem sem a promessa de nenhum final feliz, seja ele material ou espiritual. Sem dinheiro e sem graça. Tudo bem também. Desenvolvi ao longo dos anos uma técnica infalível para driblá-las. O primeiro passo é não responder prontamente. Enrolo por uma semana. É o timing perfeito. Não recomendo a ausência de resposta. Soaria por demais arrogante. (Convém camuflar nossa empáfia, sempre.) Logo, ao demorar sete dias, você reafirma seu profissionalismo sem deixar de emitir um sinal evidente de não estar muito empolgado. Caso a decodificação de mensagens sutis não seja o forte do possível cliente, vamos à próxima providência. Jogue o preço lá em cima. "Pô! O cara demora uma semana para responder e ainda cobra essa fortuna?" Noventa e cinco por cento desiste na hora. Exigir condições de trabalho e prazos inflexíveis é a estratégia para afugentar os cinco restantes. É infalível. Bom, na verdade era infalível.

"Tenho uma agência de publicidade em Uberlândia. Recentemente ganhamos a conta de uma empresa de Goiânia, líder do segmento em que atua. Ela está sofrendo um extenso processo de reposicionamento, e nosso plano de comunicação estratégica contempla o redesign de sua identidade visual. Admiro muito seu trabalho e gostaria que pudéssemos trabalhar juntos nisso. Entre em contato para que eu possa lhe explicar melhor. Grande abraço, Fabrycio Mendes." Poucos e-mails poderiam me animar menos. Fabrycio. Isso lá é nome? Será que devo pronunciar "Fabráicio"? Contei os sete dias e redigi a resposta protocolar. Recebi sua mensagem, obrigado por entrar em contato. Favor enviar mais detalhes. Não colou. "Legal! Legal! É o seguinte: recentemente ganhamos a conta de uma empresa de Goiânia, Avestruz Ultra. Líder do segmento.

Ela está sofrendo um extenso processo de reposicionamento, e nosso plano de comunicação estratégica contempla o redesign de sua identidade visual. Grande abraço, Fabrycio." Ai ai ai. Caro Fabrycio, envio anexada nossa proposta comercial para a execução do projeto. Um abraço. "Legal! Legal! Proposta aprovada! Pode abrir o champanhe! Eles têm muita grana! Muita grana! Precisamos agora ir até Goiânia com urgência para uma reunião com os executivos da empresa! Abraço, Fabrycio." Abrir o champanhe? Fabrycio, devido a uma série de compromissos já agendados, só poderei ir a Goiânia no fim da semana que vem. "Sem problemas, marcado então. Dois de setembro, sexta-feira. Encontro você no aeroporto. Abração, F." Não acredito. Não acredito. Goiânia, avestruzes e o tal Fabrycio. Não acredito.

"São três garras. Duas prendem as pernas. A outra, o pescoço. O avestruz toma três capotes de cento e oitenta graus. A maioria morre. Aqueles que resistem, entram num processo de esfaqueamento. Tudo automatizado." Com a poética descrição, o guia encerrava nossa visita pelo abatedouro da Avestruz Ultra, a ser inaugurado em poucos meses. Fabrycio — terno, gravata e um alargador em cada orelha — simulava enorme interesse. "Coisa de primeiro mundo." Eu, coberto de poeira, contentava-me em segurar o vômito. Processo de esfaqueamento automatizado. Coisa linda. Assim que trocamos cumprimentos no aeroporto, fui informado da programação do dia. Pela manhã, um tour completo pela Avestruz Ultra. Fazenda e o referido abatedouro. Meio-dia, almoço com seu primo Edson, funcionário da empresa. Edson acabara de desposar a filha do dono. A princesa do avestruz. "Você precisava ver o casamento. A noiva chegando de Ferrari na fazenda, acompanhada por dois helicópteros. Muita grana. Muita grana." Catorze horas, no prédio da sede, reunião com a diretora jurídica. Diretora jurídica? Para falar sobre design? "É, a doutora Zilda." Constatando que o fato de a diretora jurídica se chamar Zilda não diminuía meu estranhamento, completou. "Minha tia. Mãe do Edson." Ah, que ótimo. Agora entendi tudo.

Ainda embrulhado pela descrição do esfaqueamento automático, mal almocei. Também mal participei da conversa. Edson — vinte e poucos anos, cento e poucos quilos — e Fabrycio, no entanto, esbaldavam-se. Entre uma bisteca e outra, papeavam animadíssimos. Primeiro, sobre motos. Dado que sou uma completa nulidade no assunto, encontro-me impossibilitado de transmitir a você, leitor, os tópicos abordados na conversa. Posso apenas garantir que era sobre motos. "Edsão! E aquela gostosa da sua secretária? Nooossa!" Fabrycio, entrando em êxtase, deixava o motociclismo para trás. "Nooossa! Muito gostosa! Falaí Edsão!" Edsão concordava. O faminto de Uberlândia cerrava os dentes. "Delícia! Ainda como sua secretária, Edsão. Pode escrever." O primo respondia com os ombros que tudo bem. Pode comer. "Estou com uma personal trainer lá em Uberlândia que também é uma coisa." Estraçalhava a bisteca com lascívia. "Sabe aquelas meninas que malham? Tudo em cima. Bundinha, peitinho. Show. Tô quase pegando ela, Edsão. Quase. Essa não preciso nem pôr para dentro. É boa demais. Passar a lingüinha nela inteira já está ótimo. Só a lingüinha." Não satisfeito com a descrição verbal, tirou a língua para fora e, pouco se importando com os restos de carne que o órgão deixava à mostra, tratou de simular o que exatamente significava "passar a lingüinha". O gorducho balançava na cadeira, feliz da vida. Meu primo é muito engraçado. Mal passava da uma hora e eu, pela segunda vez naquele dia, sentia meu estômago manifestar-se com veemência.

Não entrarei em detalhes sobre a reunião com doutora Zilda, tia do Fabrycio e mãe do Edsão. A esta altura, creio que o leitor possui instrumentos suficientes para concluir não ter sido das mais produtivas. Inútil me estender. A única novidade foi que, em vez de náuseas, fui atingido por incontrolável sonolência.

Como é sabido por todos, dias ruins tendem a se prolongar por mais tempo que o suportável. Quando cheguei ao aeroporto imaginando terminar ali meu calvário, fui informado de que, devido a uma queda geral do sistema, todos os vôos atrasariam. Que beleza. Que beleza. Passadas quase duas horas, Luciana me telefonou. Como programado, nos falávamos quase diariamente desde a semana anterior. Tudo ia bem. Dali a dois dias ela embarcaria para Mumbai.

Mas tudo ia bem. Estou aqui em Goiânia. Depois lhe conto. Foi um horror. Um horror. E por aí, tudo certo? Malas prontas? "Malas prontas. Mas a Julie não vai mais. A mãe dela ficou doente." Até então, sabia que ela iria com "amigos". Não sabia quantos, nem quem. Que pena. Pelo menos espero que a mãe dela esteja bem. (Não que efetivamente tivesse a menor idéia de quem era a Julie ou sua mãe.) "É, eu queria muito que ela fosse." Mas você não vai sozinha para lá, né? "Não, não vou." Que bom. "É, que bom." Não sabia nem quantos, nem quem eram os amigos que a acompanhariam mas, desde que Luciana me informara da viagem, pareceu não fazer questão de fornecer-me maiores detalhes. A Julie não vai, então quem vai? "Ah, agora só eu e um amigo." Um amigo? AmigO? "É." Que amigo? Um amigo daí de Londres? Todas as precauções e cuidados que tomara por uma semana, a fim de evitar o surgimento de algum conflito, foram por água abaixo. Meu ataque de ciúmes era claro. Daí de Londres? "Não, do Brasil." Ela não quer mesmo que eu saiba quem é. Do Brasil? Quem? Sua voz fez-se quase inaudível. "Você conhece." Eu conheço? Quem? "O Sílnio." O Sílnio? Não. Não. Você vai para a Índia com esse cara? Só vocês dois? "É, eu também não queria. Mas a mãe da Julie ficou doente." Mas esse cara é um canastrão. E você vai passar três semanas com ele. Não acredito. "Não se preocupe. Não vai acontecer nada, eu juro." Por que você vai? Por quê? "Não sei. Acabei topando. Não sei. Era para a Julie ir."

Outras três horas de espera, e finalmente embarquei de volta a São Paulo. A demora fizera com que eu terminasse, ainda no aeroporto, o livro que levara como companhia. Sem ele, a visão de Luciana e Sílnio na Índia torturava-me em tempo integral. Preciso distrair a cabeça. Erotismo. Tema da edição deste mês da revista de bordo. Deixe-me ver se tenho outras opções. Folheto com instruções de emergência. Só. Ou erotismo, ou a maldita viagem de Luciana. Erotismo, com certeza. Vamos lá. Roteiros turísticos para casais apaixonados. Ensaios fotográficos com modelos em trajes de couro e lingüinhas de fora. Uma redatora publicitária presenteava a nós, leitores, com um conto erótico. Após algum tempo folheando as páginas com expressão de tédio, percebi que só chegaria a Congonhas sem escalas imaginárias na Ásia se realmente passasse a ler as matérias. Vamos lá, vamos lá. Tudo em prol da sanidade mental. O ensaio fotográfico pouco trazia além daquilo que descrevi. Modelos em trajes de couro e lingüinhas de fora. Os roteiros paradisíacos também priorizavam muito mais imagens de remotos bangalôs do que qualquer outra coisa. Sobrava o conto erótico.

"Trepada é trepada. Não tem alma, só gozada." Sim, a coisa ia por aí. De cada cinco palavras, uma era palavrão. Cu. Pau. Buceta. "Vamos mijar." "A camurça gozada no chão." "Ele me comeu na pia." Ao contrário do que possa parecer, no entanto, uma espessa pretensão literária permeava aquelas três páginas. O texto claramente considerava-se provocativo e chocante. Sexo sem culpas ou tabus. A mulher contemporânea assumindo o controle. Enterrando séculos de repressão e idealização romântica. Decidindo quando e como exercitar os próprios músculos. Fabrycio e Edsão, seu império ruiu. Chegou a nossa vez de passar a lingüinha. Lógico que todos esses atributos são suposições racionais que apliquei à intenção da autora. A leitura daquele conto erótico não me trouxe nada disso. Para ser sincero, seu único mérito foi o de transportar-me de volta à quinta série. Época em que a menção a "cu" e "pau" possuía algum teor subversivo. Todo o mundo com mais de treze anos, ambos os sexos, já assistiu a um filme de sacanagem. Como espectador, ator ou diretor. "Uma buceta qualquer que você acabou de chupar" não deve soar diferente a nossos ouvidos dependendo do meio em que é veiculado. Numa revista "séria", é corajoso e trangressivo? Num filme da Sylvia Saint, chulo? Não faz sentido. Se você quer sexo "sujo" e "direto", não há a menor dificuldade em encontrar. Impresso, em vídeo ou ao vivo. Onde está a atitude libertária, então? E, sem isso, o que sobra de "Trepada é trepada. Não tem alma, só gozada"? Prova de independência? Pagar suas próprias contas e transar com quem quiser? Independência não é isso. É um estado interno. Invisível e silencioso. Pagar suas próprias contas e transar com quem quiser como princípio de vida, seja qual for seu sexo, é patético. Com roupagem contemporânea e cosmopolita, mas patético. Em nada difere de quem acredita ser livre por poder escolher, entre tantas opções na gôndola do supermercado, qual marca de sabão em pó vai levar para casa. A independência como sinônimo de liberdade de consumo. A atriz de *Sex and the City* repete em frente às câmeras o roteiro que menciona o uso de determinado modelo de vibrador por parte de sua personagem. Pronto. Tal modelo explode em vendas. Que legal. Que coisa mais contemporânea e cosmopolita. Pelo menos o tempo passou e cheguei a São Paulo.

"Mister Kenny! Mister Kenny!" Na manhã seguinte, dobrava a esquina de sempre quando fui atropelado pelos gritos do Barbeado/Reginaldo. "Mister Kenny! Mister Kenny!" Parou, esbaforido, a meu lado. "Não ficou legal?" O quê? "Mister Kenny. Não ficou legal?" Esse cara é maluco. Desculpe, do que exatamente você está falando? Indignou-se. "Como assim? Você me falou que Reginaldo não era um bom nome para loverboy, não lembra?" Ai, meu deus. Ele ainda não desistiu. Lembro, lembro. Não era um bom nome. "Então! Mister Kenny! Legal não? Mister Kenny, loverboy. No jornal." Segurei a risada. Mister Kenny. Loucura total. É, ficou bom mesmo. Mister Kenny, loverboy. Agora sim. Satisfeito, Mister Kenny despediu-se. Não sem antes — é claro — exibir novamente o sorriso mais feio do mundo.

Moral da história: levarei um livro de reserva para a próxima viagem aérea. Não quero deparar com um conto erótico no qual a autora descreverá em detalhes como, na pia, Mister Kenny levou-a à loucura mesmo sem pôr para dentro. Só na lingüinha. "A lingüinha mágica de Mister Kenny" pode ser o título. Pára. Pára. Hora de encerrar isto aqui. Faça as contas. Três ânsias de vômito em um só capítulo já é demais.

# São Paulo é legal, mas Londres é mais

Alta madrugada nas docas. Estou numa posição extremamente desconfortável, agachado de cócoras atrás destas caixas de madeira. Apesar da chuva fina que vai, pouco a pouco, trespassando meu gorro preto, decido acender um cigarro. Largo a metralhadora no chão e passo a procurar o isqueiro no bolso da calça. Nada. Olho à direita. Tingido estende sua mão me oferecendo o seu. Sem soltar a arma. Um rápido e discreto pigarro de reprovação surge do lado esquerdo. Chuck Norris. Não é hora de fumar. É hora de entrarmos em ação. Compreendemos as ordens do barbudo. Vamos lá. Um. Dois. Três. Agora! Simultaneamente, levantamos-nos por sobre as caixas e colocamos nossos brinquedos para funcionar. Somos um trio imbatível. Em poucos minutos, abatemos quinze ou vinte homens, todos próximos ao navio ancorado. O barulho ensurdecedor dos tiros torna inaudível os gritos de desespero dos malfeitores. Se o crime é a doença, nós três somos a cura. Assim que o último cai, em câmera lenta, corremos em direção às motos estacionadas no lado de trás do armazém abandonado. Sigo à frente, alta velocidade, flanqueado por Tingido e Chuck. A ripa de madeira que se apóia diagonalmente sobre um contêiner servirá de rampa. Nem precisamos discutir o assunto. Somos um trio imbatível. Gorros e malhas de gola rulê negras. Semblantes frios. Implacáveis. Exibindo inegável perícia, salto primeiro. Numa fração de segundo, minha moto já atingiu altura suficiente para revelar o convés do navio, posto de aterrisagem. Minha equipe voa a meu lado. Não será fácil. Outra dezena de bandidos surge da cabine de comando, empunhando fuzis e escondendo-se sob máscaras de borracha com rosto de avestruz. Covardes. Equilibro-me na moto sem grande dificuldade e saco minha metranca. Passo a exterminá-los ainda no ar. O sangue dos avestruzes abatidos colore o piso enferrujado. Morrem como animais. O telefone toca. Chuck Norris, num tiro certeiro, abate o avestruz com boina de capitão. O telefone toca. Tingido aterrisa no navio. O telefone toca. Toca de novo. Alô? "Oi, sou eu. Você estava dormindo?" É, acho que estava. "Desculpe, não quis acordá-lo." Tudo bem, tudo bem. Nem sei que horas são. Ainda está escuro. "Desculpe. O fuso daqui da Índia é completamente diferente." Não tem problema. "Não estou conseguindo ligar muito para você, né?

Estamos viajando por uns lugares meio desertos, não encontro telefones públicos." É. Mas tudo bem. Que bom que ligou. Está gostando da viagem? "Ah, sei lá. Mais ou menos. Pelo menos conhecendo uns lugares diferentes." Estou com saudades. Ainda está tudo combinado entre nós, não está? "Está, está sim. Claro." Que bom. O Sílnio está comportado, espero. "Não se preocupe. Ele não é esse canastrão que você imagina. Olha, preciso desligar. O guia está me chamando, vamos encarar oito horas de estrada hoje. Junto com um grupo de israelenses que conhecemos aqui." Mas já? Nem conversamos direito. "Eu sei. Desculpe. Mas o guia está chamando. Eu tento ligar nos próximos dias, tá? Ainda está tudo combinado. Um beijo enorme."

Que raiva. Após alguns minutos entorpecido, celular na mão (o telefone fixo daqui de casa está quebrado há meses), finalmente reencarnei. Que raiva. "O guia está me chamando." Deixasse o guia esperar, ora. Quatro e meia da manhã. Vou tentar dormir de novo. Quem sabe não convoco Tingido e Chuck Norris para uma nova missão. Nossas motos rasgando pelas estradas da Índia. Desta vez, com o objetivo de aniquilar sem piedade um turista brasileiro e seu guia indiano. (Vou poupar os israelenses. Não quero ser acusado de anti-semita.) O brasileiro é um frangote, eu conheço. O guia também não deve ser grande coisa. Para quem exterminou um exército de avestruzes mercenários, moleza. Vão lá, vocês dois dão conta do recado. Qual a minha função? Bom, alguém tem que salvar a mocinha, não? Tentativa em vão. Não consegui mais pegar no sono e minha equipe não apareceu. De que adianta ter parceiros se não podemos contar com eles num momento-chave? Os dois estão demitidos. Sem reclamações. Justa causa. Noite que vem, enfrentarei o mundo do crime com as próprias mãos. Vingador solitário.

"Pelo menos conhecendo uns lugares diferentes." Grande coisa. Currículo? Ter assunto? Mostrar-se viajada? Para quê? Entrar no Taj Mahal torna alguém mais culto? Assistir à queima dos mortos no rio Ganges agrega nobreza à alma? Ter amigos gringos enriquece o espírito? Ah, já sei. Conhecer novas culturas. Trocar experiências. Ampliar horizontes. Papo furado. Quando minha irmã estudou em Princeton, costumava visitá-la com freqüência. Duas vezes por ano, em média. Numa dessas viagens, conheci uma amiga de Natalia pra lá de interessante. Bonita e charmosa. Concluía seu Ph.D. em Neuroscience. Burra não era. Estávamos os três num bar, e percebi que a moça, natural de Washington, também simpatizara com a latinidade do moço aqui. Beleza. Vamos dar início ao processo. Sempre considerei meu inglês bastante razoável, apesar de um errinho de concordância aqui, outro de vocabulário ali. Que nada. Uma hora de conversa desinteressante depois, desistimos. A limitação oral nos impediu de (eu por incompetência, ela por educação) mostrar um ao outro todo nosso estofo intelectual. Pelo mesmo motivo, nada de brincadeirinhas para criar alguma intimidade. É provável que, se estivéssemos só nós dois na mesa, fôssemos direto à tal troca de experiências. Mas com minha irmã ali era necessário um jogo de cena. Quando esgotamos os assuntos oficiais (Você está gostando daqui? O Brasil é muito diferente. Faz calor e tem favelas. Aqui é muito frio e tem neve.), despedimo-nos frustrados e cada um seguiu para sua casa. Se ela fosse brasileira (ou eu americano), com certeza o final teria sido diferente. Aí sim acordaríamos no dia seguinte satisfeitos com a ampliação de horizontes desenvolvida durante a noite. Mesmo porque o repertório cultural das pessoas hoje em dia não é lá muito diferente, estejam elas em Princeton, São Paulo ou Paris. As variações existem por conta de outros parâmetros, não o geográfico. (Globalização, lembra?) Informações relativas a peculiaridades de clima, costumes e paisagens podem ser facilmente adquiridas na banca de jornal. Queijo camembert no supermercado da esquina. O CD da banda mais obscura da Finlândia, na internet. Troca de informação não é intercâmbio cultural. E intercâmbio cultural não está necessariamente vinculado à travessia de fronteiras. Você não está ampliando seus horizontes ao conversar com um israelense só pelo fato de seu interlocutor ter nascido a meio mundo de distância.

"Graduada em 1997 na PUC, concluiu o mestrado em 2001 e o doutorado em 2005 pela mesma instituição. Atualmente mora em Londres." Dessa forma apresentava-se o currículo de uma designer brasileira, ao fim do ensaio que escrevera para um livro da área.

Entendeu o processo evolutivo? Primeiro, a graduação. Depois, mestrado. Em seguida, doutorado. O final, ápice da carreira bem-sucedida, Londres. Não, não era "conclui o pós-doutorado em Londres". Nem "tem um estúdio de design em Londres". Só "mora em Londres". Como se isso significasse o ponto culminante da vida de qualquer pessoa. É muita caipirice. Quantas pessoas você não conhece que moraram "um tempo" em Londres? E que se consideram arrojadíssimas pelo fato? Quando retornam à pátria-mãe, exibem, além do flavour empolado, uma indumentária caricatural. "Fulano voltou todo londrino." Ah, tá. Tão londrino quanto são mexicanos da gema os europeus que passeiam desenvoltos com seus sombreiros pelo México, sem sequer notar que nenhum nativo traja o tal chapelão. Ou como suecos desbravando o Pelourinho, berimbau a tiracolo.

Mas deixa pra lá. Peço desculpas a você, leitor, pelo tom ressentido e parcial do capítulo. Sei que acabou por comprometer em muito sua utilidade. Mas não pude evitar. Tenho estado por demais irritado esses dias. "Preciso desligar. O guia está me chamando." Dá muita raiva. Passei oito dias dormindo com o telefone ao lado do travesseiro esperando uma ligação e, quando finalmente acontece, tenho que ouvir isso. Imagine que fosse com você e demonstre um mínimo de compaixão. Marco Antônio, por exemplo, compadeceu-se quando lhe relatei, no táxi, o ocorrido. Infelizmente, sua sugestão não foi das mais proveitosas. "Por que você não faz como eu? Conheci minha mulher na igreja. Se quiser, posso levá-lo quinta que vem." Marco, veja bem. Você é Testemunha de Jeová. Eu não. Se for com você à igreja, corro o risco de ser arrastado à força para sofrer uma tentativa de exorcismo. Olha meu cabelo. "É. É verdade. Seu cabelo é meio estranho. Bom, mas se quiser... Eu conheci minha mulher lá. Estamos juntos há doze anos." Agradeci. Tudo bem que não havia necessidade de classificar meu cabelo como "meio estranho". Mas, ainda que totalmente sem noção, pelo menos tentou ajudar. Faça como ele e não perca a paciência comigo. "O guia está me chamando" não dá. Que raiva.

# Se tudo der errado

Às vezes nem tudo sai como planejamos. Mesmo com todo cálculo e boa vontade. E isso não é uma desculpa esfarrapada para o caso de você seguir ao pé da letra todos os procedimentos e dicas expostos nos capítulos anteriores sem, contudo, atingir o objetivo que o levou a adquirir este livro. Sim, sou bastante hesitante quanto à competência que venho exibindo no decorrer destas páginas. Assumo o fato. Aliás, já abordei o tópico na nota introdutória. Você esqueceu? Não vou ficar me repetindo. Volte e releia. Os leitores atentos não devem ser prejudicados por conta dos menos concentrados. No entanto, acredite: desta vez não é caso de autor inseguro implorando condescendência. Ocorre que, por mais que nos preparemos para determinada tarefa, qualquer uma, podemos falhar. Somos todos restritos a intransponíveis limites. Internos e externos. É a vida. Por esse motivo, considerei importante a confecção da mensagem positiva abaixo, um alento aos pouco afortunados. Fique sabendo que você não segura em suas mãos um oráculo onisciente e distante, mas sim um companheiro para o que der e vier. Se você leu este livro com afinco, empenhado em tornar-se um paulistano moderno e descolado para, no fim, tudo dar errado, não se desespere. Eis o plano B.

Sílnio tem trinta e poucos anos e trabalha como fotógrafo. Durante os quase dez anos de ofício, nunca conseguiu emplacar. Sem carisma suficiente para os polpudos rendimentos da moda e publicidade, chegou a arriscar alguns ensaios autorais a fim de obter, no campo artístico, o reconhecimento almejado. Sua série de fotos desfocadas com luzes vermelhas sobre fundo preto, contudo, não comoveu sequer os mais chegados. Mas Sílnio, trinta e poucos anos, trabalha como fotógrafo. Com amigos bem posicionados em diversas redações, sempre pinta uma fotinho aqui outra ali para alguma revista. Sabe aquela matéria com fotos dos "dez sabonetes mais indicados para pele seca"? Sílnio. "Prepare-se para agitar no inverno de Campos do Jordão"? Sílnio. "Dossiê Petit Gatêau"? Ele mesmo. Pode checar nos créditos.

Os amigos bem posicionados, contudo, não demonstram grande empolgação pela amizade do rapaz, limitando-se à solicitação esporádica de serviços. Mais uma vez, mire-se no exemplo de persistência de Sílnio. Ao invés de lamentar o fato imerso na penumbra de seu estúdio, foi à luta. Encontrou a solução ao imiscuir-se em turmas de faixa etária consideravelmente inferior. Para não ser visto como o "amigo tiozinho" por seus jovens camaradas, adotou uma série de medidas a fim de garantir o êxito da empreitada. Primeiro, um fotolog. Não, nada de luzes vermelhas desfocadas sobre fundo preto ou dos dez sabonetes mais indicados para pele seca. Nada disso. Férias na praia. Eu e papai na Disney em 81. A festa de sexta na casa da Pri. Tudo embalado por frases de espírito. Sucesso total. Os amigos visitam a página e deixam dezenas de comentários. Silnião, vamos descer este fim? Sil, vê se não some. Sílnio, trinta e poucos anos, fotógrafo, tem um fotolog com imagens de suas férias na praia.

Moço sabido, não limitou seu plano de ação à esfera virtual. Com um pouco de esforço, aprendeu o básico das pickups e ataca de DJ. Não, não. Nenhum set muito conceitual ou avant-garde. O DJ Sílnio toca mesmo aquilo que levanta a moçada. Sem preconceitos. Eclético, vai de Franz Ferdinand a Gretchen. Animação garantida, além da certeza de assunto para o resto da festa. Afinal, depois da performance, pode-se facilmente passar de recordações musicais "engraçadas" (como a rainha do Bumbum) para outras modalidades de nostalgia, também "engraçadas". Nossa, você se lembra do Telejogo? Muito legal, não? Eu tinha uma calça da OP. E o Genius? Nossa! Genius! Pára tudo! Supertrunfo? Eu adorava Supertrunfo! Sílnio, trinta e poucos anos, fotógrafo, tem um fotolog com imagens de suas férias na praia, toca o "Melô do Piripiri" e conversa sobre Supertrunfo.

Por fim, as garotas. O corpo magricela não ajuda muito. Os cabelos, compridos e encaracolados à la Moraes Moreira, também não. Para piorar, uma personalidade que nunca demonstrou ser das mais marcantes. Pensa que ele desistiu? Não, não, não. Ciente da falta dos recursos tradicionais para a sedução do sexo oposto, Sílnio mais uma vez observou atentamente o entorno e posicionou-se com precisão. É fofo e sensível. Fofo porque — dado que sua principal preocupação é agradar aos outros — evita a elaboração/exposição de qualquer olhar mais peculiar sobre o mundo. "Gosto de tudo. Não sou preconceituoso. Eclético, tá ligado?" Porto seguro para quando se quer uma companhia inofensiva que se limite a corroborar nossos pontos de vista. Sensível porque, desde que o macho viril deixou de ser considerado o ideal da espécie, o termo sofreu considerável distorção. Sensibilidade virou sinônimo de uma "fragilidade positiva". Virtude encontrada nos modelos mais sintonizados com os novos tempos. Ora, fragilidade não é sensibilidade. Uma coisa não tem nada a ver com a outra. Se por algum motivo derramo-me em prantos, não estou emitindo prova irrefutável de minha sensibilidade. Se por algum motivo derramo-me em prantos, estou triste. Caso não demonstre pudor ao fazê-lo em público, ao contrário de gerações anteriores, é sinal de clara mudança nos costumes da humanidade. Pode até classificar como "evolução" se quiser, mas é só. Não sou mais sensível que meus antepassados por conta disso. Uma pessoa sensível é aquela capaz de captar, racionalmente ou não, tudo o que passa despercebido para a grande maioria. Talvez seja uma bênção. Talvez uma maldição. Virtude contemporânea, certamente não é. Sensibilidade não é uma "fragilidade positiva". Mesmo porque, nem sempre é frágil. Nem sempre é positiva. Digressões à parte, o fato é que o posicionamento fofo e sensível de Sílnio tem lhe rendido bons frutos. Ah, estou tão feliz. Sei que o Sílnio não era minha primeira opção, mas ele é tão bacana. Nem me importo com aquele cabelo Moraes Moreira. Sílnio, trinta e poucos anos, fotógrafo, tem um fotolog com imagens de suas férias na praia, toca o "Melô do Piripiri", conversa sobre Supertrunfo, é fofo e sensível. E então? Percebeu como não há motivo para jogar a toalha? Ânimo, leitor! Ânimo e bola pra frente!

Às dez e meia da noite minha mãe telefonou. Vó Amparo morreu.

# Se tudo der certo

O velório nada teve de excepcional. Vinte ou trinta pessoas, numa manhã de sábado em Sorocaba, sentadas ao redor do caixão de minha avó. Suas três filhas estavam presentes. Dez anos de intervalo separavam cada uma, fruto de irmãos intermediários que morreram cedo, nascidos ou não. A mais nova, tia Lucia, mantinha-se quieta junto a marido e filhos na fileira de cadeiras oposta à entrada. Eu e minha mãe também. Mesmo lugar, mesmo silêncio. As duas cuidaram de minha avó desde que sua saúde tornara-se frágil o suficiente para impedir que levasse uma vida autônoma. Trouxeram-na para São Paulo, revezando-se na tarefa em meio a trabalho, casa e filhos. Hoje, devolviam a mãe à sua cidade natal. Do outro lado da sala, tia Vânia, a irmã mais velha, movimentava-se frenética próximo à porta, fazendo as vezes de anfitriã com grande estardalhaço. Distribuía, a cada um que entrava, longos abraços e frases desoladas. A filha mais velha de dona Amparo bradava alto e bom som toda a tristeza que sentia por aquela perda.

Em meados dos anos cinqüenta, a beleza da jovem Vânia era o furor do Além Ponte. O bairro sorocabano, construído ao redor da fábrica Santa Maria, concentrava em sua grande maioria imigrantes espanhóis que lá trabalhavam como operários. Amparo, a mãe, não chegara a completar nem dez anos de vida e já pegava no batente. O pai fugia à regra. Ascendência italiana e artesão de mármore autônomo. Mesmo assim, uma família como as outras em volta. Um futuro como os outros em volta. Mas Vânia era linda. Um advogado da cidade se encantou. Casaram-se. A casinha geminada deu lugar a um amplo e moderno — para os padrões da época — sobrado. A vizinhança operária foi trocada por uma localização consideravelmente mais nobre. Aos poucos, os vínculos familiares foram sendo deixados de lado e a espanholada do Além Ponte passou a encontrar sua beldade apenas nas fotos da coluna social do jornal local. Vergonha da origem humilde? Falta de tempo devido às obrigações impostas pelo novo papel social? Não posso afirmar com certeza. Se me permite o palpite, acho que um pouco de cada. Distante, mal viu as irmãs crescerem, se casarem ou terem seus filhos. O ataque cardíaco que em 1984 levou seu pai não motivou nenhum desvio de percurso. Amparo, agora sozinha, nunca se sentiu muito confortável em visitar a única filha que ainda restava em Sorocaba. Como também nunca escondeu a mágoa gerada por tal desconforto. Hoje, ela está morta. Eu não encontrava tia Vânia fazia mais de vinte anos. Beirando os setenta, é preciso muito esforço para descobrir por detrás da pesada maquiagem algum resquício da tão falada beleza de outrora. Não que ela não se esforce. Os cabelos, lisos e longos, são tingidos de amarelo cintilante. As roupas, provenientes das melhores grifes. (Bem, não exatamente "das melhores grifes". Creio ser mais adequado qualificar sua indumentária como proveniente "das melhores grifes de Sorocaba".) Lá está ela, a loiraça fashion, do outro lado da sala. Beirando os setenta e distribuindo longos abraços e frases desoladas a granel. A filha mais velha de dona Amparo brada alto e bom som toda a tristeza que sente por aquela perda, como só conseguem fazer aqueles que efetivamente não sentem tristeza alguma.

Por volta das duas da tarde minha avó foi enterrada. O túmulo, de mármore, fora esculpido por seu marido trinta anos antes. Hoje, ele presta a última homenagem à esposa. Em 1984 o caixão com seus restos lá foi depositado. Hoje, eles se reencontram. Mas ambos estão mortos. Para que serve a vida?

"Bons tempos, esses." Com esse título iniciava-se o artigo em que um respeitado jornalista narrava o jantar da noite anterior "na belíssima cobertura da rua Pernambuco" de um amigo. Uma "celebração de refinados intelectuais paulistanos". Apresentadores de TV acima do peso, publicitários corinthianos pop stars, biógrafos de charuto... Estavam todos lá, os "refinados intelectuais paulistanos". Surpreso, nosso amigo informava que "não ouviu ninguém reclamando de nada". Tudo ia de vento em popa no país. Conforme os parágrafos foram se sucedendo, agregou informações referentes ao aumento do PIB per capita a fim de justificar sua impressão. Mas nada que ofuscasse o fato de que a descoberta de que tudo vai bem ocorreu naquela "belíssima cobertura da rua Pernambuco", em companhia de "refinados intelectuais paulistanos". Não é difícil imaginá-lo, entre uma taça e outra de algum St. Émilion três ou quatro dígitos, observando comensais sessentões celebrando, cada um a seu modo, o sucesso. À esquerda, um comenta que "já tem dois ministros confirmados para a volta de seu talk-show". O da direita emenda que acaba de trocar de editora, com um contrato polpudo e a biografia do Zé Dirceu engatilhada. Outra voz levanta-se, relatando as novas contas e Leões de Cannes adquiridos mês passado. É o suficiente para que nosso Pangloss tenha seu insight. Dá mais um gole, solta um suspiro e sorri satisfeito. "Bons tempos, esses. Do que as pessoas reclamam tanto? Tudo vai bem aqui na rua Pernambuco." Ah, tá. (O artigo terminava citando Napoleão. "Pior do que a derrota, só o ridículo." Ainda que com outras intenções, achei brilhante o uso da frase. Mais adequado àquilo, impossível.)

Na mesma noite, outra garrafa do mesmo St. Émilion três ou quatro dígitos adorna a mesa do casal que janta no sofisticado restaurante de uma rua sem saída dos Jardins. Também são refinados paulistanos, como já nos mostrou o moço ao provar criteriosamente o vinho antes de permitir que ele fosse servido à sua companheira. Agora, ouvem atentamente as instruções do garçom que acaba de servir o Filet curado ao Sal de Guérande em três versões que pediram como entrada. "O chef recomenda que o prato seja comido de baixo para cima." Voltam seus olhares para os três pedacinhos de carne enfileirados verticalmente. Ok, de baixo para cima. Não perguntam o porquê. Em primeiro lugar, o garçom não saberia responder. Está apenas repetindo instruções recebidas. Em segundo lugar, não pega bem querer saber por quê. Limitam-se a assentir com os olhos, como se já cientes daquele detalhe tão sofisticado. "De baixo para cima, lógico. Dane-se o motivo. Para ser sincero, nem sei direito o que é Sal de Guérande. Dane-se. Se a gente perguntar vai parecer que somos caipiras. O chef recomenda a fruição da obra de baixo para cima, isso é alta gastronomia. Para pessoas requintadas. E nós formamos um casal super-requintado, ain't we darling? Vamos lá então, de baixo para cima." Ao final do jantar, após mais um extenso processo seletivo diante da Carta de Cafés ("Carta de Cafés, que sofisticado!"), entrelaçam seus dedos por sobre a mesa e sorriem satisfeitos. "Bons tempos, esses." Como era mesmo a frase de Napoleão?

Portanto, caro leitor, se tudo der certo, a receita é simples. Esqueça de onde veio. Esqueça quem você é na verdade. Esqueça. Concentre-se naquilo que realmente importa: comer corretamente o Filet curado ao Sal de Guérande em três versões. Vamos lá, garfo na mão esquerda, faca na direita. Desapóie os cotovelos e pronto. Pode começar. De baixo para cima.

# Se ficar na dúvida sobre o que é dar certo ou errado

Luciana finalmente voltou. Não, não ficamos juntos. Eu não consegui. Sei que você deve estar achando que foi por causa de algum motivo besta. Índia, Sílnio ou aquele maldito guia. Desculpe se o capítulo que estraguei possuído por um ataque de ciúmes lhe deixou com essa impressão. Não foi por isso não. Simplesmente não consegui. Ela me disse que Sílnio não tocou nela durante os vinte dias e, verdade ou não, eu acreditei. Mesmo a escassez de comunicação durante a viagem não me parece, a esta altura, algo tão grave. Vai ver não existiam mesmo muitos telefones públicos por lá. Vai ver o guia realmente precisava ter pressa. "Então! Por que a gente não fica junto? Nosso combinado." Não sei, não consigo. Muda-se em uma fração de segundos e, com a frase, não me refiro ao clichê do irrompimento de tragédias abruptas. Muda-se em uma fração de segundos sem que nada precise acontecer. Um processo ininterrupto e silencioso de sedimentação e desabamento que não está vinculado às experiências aparentes a que estamos expostos, sejam estas físicas ou não. Ela me disse que Sílnio não tocou nela durante os vinte dias e, verdade ou não, eu acreditei. Mas será que acreditei mesmo? Passei três meses sonhando em reencontrá-la. Mas será que era esse realmente meu sonho? Casa nova, emprego novo, namorada nova. Parecem ser esses os agentes causadores de nossas transformações. Não são. Vitórias e derrotas não fazem a menor diferença. No fundo, seguimos indiferentes a tudo. Nada de destino ou bobagens similares, estes também apóiam-se sobre pilares externos. Empenho-me aqui exclusivamente em constatar a dissociação existente entre nós e aquilo que nos rodeia. Aquilo a que nos habituamos por denominar como sendo "nossa vida". Ela continua igual e já não somos mais os mesmos. Ou vice-versa. Não há sincronia. Não é efetivamente "nossa vida", apenas uma fórmula menos abstrata e indecifrável para facilitar autodefinição e posicionamento. Possui toda a lógica e plasticidade das equações matemáticas. Seu único defeito é ser falsa. Acordo na mesma cama, exerço a mesma profissão, converso com as mesmas pessoas. Não cortei o cabelo nem remodelei o guarda-roupas. Ouço as mesmas músicas e leio os mesmos livros. Penso as mesmas coisas. Gosto das mesmas coisas. Desculpe, Lu, não consigo ficar com você. "Mas por quê? O que aconteceu?" Nada. Não aconteceu nada. Não sou mais o mesmo.

# Considerações finais

Hoje é dia doze de outubro, um feriado de quarta-feira. As pessoas em geral dizem não gostar de feriados na quarta-feira. Não dá para fazer nada, interrompe o ritmo da semana, que fica com duas segundas, *et cetera, et cetera*. Eu gosto. Trabalho demais e qualquer descanso é bem-vindo. Mas hoje é diferente. Se pudesse, teria pulado este dia. Dormido terça para acordar só na quinta.
 Hoje é dia doze de outubro, um feriado de quarta-feira. No fim da tarde, Luciana me telefonou, bêbada. Aos berros, xingava-me enfurecidamente. "Você é um covarde! Covarde!" Não encontrava explicação possível para minha desistência. Só podia ser covardia. A falta de freios provocada pelo álcool fez com que, inadvertidamente, também acabasse por me revelar que durante sua estada em Londres, Sílnio colhia por

aqui, através de amigos comuns, informações sobre minha vida e as repassava a ela. Logo, quando Luciana falava comigo, possuía exata ciência de tudo o que eu precisava ouvir. Eram essas, afinal, as tais conexões cósmicas. Somos todos covardes.

Sabe, talvez eu devesse reescrever tudo isso aqui. Apagar o capítulo anterior e justificar minha decisão por esse motivo. Não fiquei com ela pois descobri que fui enganado. Enquanto acreditava inocentemente em nossa sintonia, ela usava um infeliz para investigar minha vida. Fingia que nada sabia, que compartilhávamos as mesmas opiniões e sonhos quando, na verdade, calculava friamente o que dizer. Fui enganado. Pobre coitado que sou. Que tal? Bem melhor, não? Aposto que agradaria muito mais a você, leitor, que chegou a estas páginas finais com a expectativa de um desfecho minimamente emocionante. Aposto também que Luciana transferiria toda a culpa para si própria, martirizando-se por um punhado de meses. Seria perfeito, eu sei, mas seria mentira. A história fica assim mesmo, sem vítimas ou algozes. Além do que, não faria nenhuma diferença. Nossa vida é escrita dentro de nós. Os fatos? Os fatos não importam. Utilizamo-os apenas para preencher as lacunas narrativas. Não ficamos juntos, e isso é tudo. Não vou reescrever nada, não. Melhor manter a história assim mesmo, banal. Somos todos banais. Daqui a um mês Luciana e Sílnio vão começar a namorar. Mas isso também não faz a menor diferença.

Quando desliguei o telefone, percebi que passava das seis e eu ainda não havia almoçado. Com gritos de "Covarde!" martelando ao meu redor, desci a Conselheiro Brotero e entrei numa churrascaria. O amplo salão estava vazio, a não ser pelo casal que, embriagado, se agarrava na mesa do canto. Será que todo mundo nesta cidade combinou de encher a cara? Comi demais, duas costelas de boi com polenta, sem perceber ao certo o que fazia. Agora estou aqui, em casa, mal conseguindo manter-me apoiado na cadeira. Mas preciso acabar de escrever estas considerações finais. Nunca consegui me encaixar muito bem. Em geral, o fato me é motivo de grande orgulho. Mas hoje não. Hoje queria atualizar meu fotolog com fotos do verão, desfrutar um Filet curado ao Sal de Guérande em três versões ou conversar sobre Supertrunfo. Quem terminaria este livro? Sei lá, qualquer um. Não creio ser observador de grande argúcia, o único talhado para tal tarefa. Qualquer um escreve isto aqui. Eu mesmo sei que daria um ótimo personagem. Feito sob medida para ser escarnecido em mais da metade dos capítulos. Onde morar, viagens ao exterior, profissão cool, hábitos sofisticados. Se é tão fácil identificar o ridículo nos outros, por que deveríamos nos surpreender ao enxergá-lo em nós mesmos? Somos todos ridículos. Daqui a três dias tudo vai melhorar, e eu já não me arrependerei tanto assim. Por ora, tudo o que tenho a fazer é acabar de escrever estas considerações finais. Encerrar este compêndio de sarcasmo e ironia.

Infelizmente, bem sei que ironia não é altivez ou superioridade. Ironia é autodefesa, versão mesquinha. Somos todos mesquinhos.

Hoje é dia doze de outubro, um feriado de quarta-feira e ainda pela manhã saí para meus dois cafés, o grande e o pequeno. Tingido estava por lá, grunhindo como sempre. Sem metralhadoras, sem Chuck Norris ou bandidos com máscara de avestruz. Daqui a oito meses o câncer voltará e ele vai morrer. Barriga mais uma vez insistia, sem sucesso, em seduzir algum taxista. Tentará ainda inúmeras vezes, mas nunca vai conseguir. Barbeado guardava carros três ruas acima. Ainda é Reginaldo. Nunca se tornará o loverboy Mister Kenny. Eu prossigo fazendo meu passeio de fins de semana — e feriados, que seja — pelo mesmo caminho. E assim vou continuar. Somos todos iguais. Eu, você, Tingido, Luciana, Barriga, Marco Antônio, Sílnio e Mister Kenny. A amiga da Silvinha, o taxista de Campos, o Pernalonga de brechó, a Che Guevara da rua Girassol e a tia Vânia. Todos iguais.

Hoje é dia doze de outubro, um feriado de quarta-feira. Daqui a três dias tudo vai melhorar.

Mas eu ainda não sei disso.

Este livro foi escrito durante o primeiro semestre de 2006 no Edifício Cel. Sodré, na rua Pernambuco, São Paulo, sob competente supervisão de Fernanda Arantes. Foi composto em Swift Regular para os textos e Hoefler Text para os títulos.

Os fatos e personagens aqui descritos são, ao contrário do que possa parecer, majoritariamente fictícios. A exceção é minha avó Amparo, a quem, aliás, o livro é dedicado.

O parágrafo acima, contudo, não deve servir de consolo àqueles que se identificaram como principais modelos na composição de determinado personagem. Se você teve essa impressão e se sentiu ofendido, tudo o que tenho a dizer é: confie em sua intuição. Deve ser você mesmo.

IMPRESSÃO E ACABAMENTO:
**YANGRAF** Fone/Fax: 6195.77.22
e-mail:yangraf.comercial@terra.com.br